सत्यजित राय

2 मई, 1921 को गड़पार रोड, दक्षिणी कलकत्ता (बंगाल) में जन्म। पिता सुकुमार राय एक प्रतिष्ठित व्यक्ति थे।

प्रारम्भिक शिक्षा घर पर हुई। पाँच साल की आयु में माँ सुप्रभा राय के साथ भवानीपुर में नाना के घर जाकर रहने लगे। सन् 1936 में बालीगंज गवर्नमेंट हाईस्कूल से मैट्रिक पास किया। इसके बाद प्रेसीडेंसी कॉलेज और शान्तिनिकेतन से शिक्षा ग्रहण की।

बांग्ला फ़िल्मों के अन्तरराष्ट्रीय ख्यातिप्राप्त निर्देशक होने के साथ-साथ उच्च कोटि के संगीतकार, चित्रकार, छायाकार, पत्रकार और लेखक। बच्चों के लिए विशेष तौर पर काम किया है।

'पथेर पांचाली' उनकी विश्वप्रसिद्ध बांग्ला फ़िल्म है। हिन्दी सिनेमा को भी उन्होंने 'सद्गति' और 'शतरंज के खिलाड़ी' जैसी फ़िल्में दीं। अपनी कला-मर्मज्ञता के कारण वे कई उच्चस्तरीय राष्ट्रीय व अन्तरराष्ट्रीय समितियों के पदाधिकारी रहे। भारत के सर्वोच्च नागरिक सम्मान 'भारत रत्न' और ऑस्कर समेत अनेक सम्मानों, पुरस्कारों से सम्मानित।

निधन : 23 अप्रैल, 1992

वाह बारह

सत्यजित राय

बांग्ला से अनुवाद

बृजबिहारी चौबे

रेमाधव पेपरबैक्स

पहला पुस्तकालय संस्करण
रेमाधव पब्लिकेशन्स प्राइवेट लिमिटेड द्वारा
2011 में प्रकाशित

रेमाधव पेपरबैक्स में
पहला संस्करण : 2023
तीसरा संस्करण : 2026

रेमाधव पेपरबैक्स : उत्कृष्ट साहित्य के जनसुलभ संस्करण

रेमाधव पब्लिकेशन्स प्राइवेट लिमिटेड
जी-17, जगतपुरी, दिल्ली-110 051
द्वारा प्रकाशित

शाखाएँ : अशोक राजपथ, साइंस कॉलेज के सामने, पटना-800 006
पहली मंजिल, दरबारी बिल्डिंग, महात्मा गांधी मार्ग, प्रयागराज-211 001
1, अनमोल सोराबजी संतुक लेन, धोबी तलाव, मरीन लाइंस, मुम्बई-400 002
वेबसाइट : www.remadhav.com
ई-मेल : contact@remadhav.com

बी.के. ऑफसेट
नवीन शाहदरा, दिल्ली-110 032
द्वारा मुद्रित

मूल्य : ₹250

WAAH BAARAH
Stories by Satyajit Ray
Translated by Brij Bihari Choubey

ISBN : 978-93-95328-11-1

अनुक्रम

नया दोस्त

बर्दवान स्टेशन के रेस्त्राँ में उस सज्जन ने खुद ही आकर बातचीत की शुरुआत की। फ्रेंचकट दाढ़ी और मूँछ, तकरीबन मेरी ही उम्र के होंगे—अर्थात चालीस-बयालीस साल के—काफी हँसमुख सहज हावभाव। बारह बज रहे थे, इसलिए मैं अपना लंच निपटा रहा था। दरअसल मैं अपनी नई मारुति वैन से शान्तिनिकेतन जा रहा था। अपने ड्राइवर सन्तोष से भी कह दिया था कि खाना खा ले।

मैं अकेले चार लोगों की टेबल घेरे बैठा था। अभी भात और मीट का ऑर्डर दिया ही था कि वे सज्जन मेरी ओर आकार बोले, "आपके पास बैठ सकता हूँ?" मैंने कहा, "वाह! मैं तो अकेला हूँ। मुझे लगता है। आप भी अकेले हैं?"

"जी हाँ।"

"आप कहाँ जा रहे हैं?"

"शान्तिनिकेतन।"

"वाह—ये तो अच्छा हुआ। मैं भी शान्तिनिकेतन जा रहा हूँ। वहाँ मेरे बेटा और बेटी पढ़ते हैं। उन्हें देखने

जा रहा हूँ। पत्नी को भी आने का शौक था, लेकिन मेरे ससुर की तबीयत अचानक खराब हो जाने के कारण आखिरकार नहीं आ पाईं। क्या आप वहाँ कुछ दिन रहेंगे?"

"दो दिन," मैंने कहा। मैं वहाँ एक प्लॉट देखने जा रहा हूँ। एक छोटा-सा घर बनाने की इच्छा है, जहाँ बीच-बीच में जाकर रह सकूँ। मैं लेखक हूँ। उपन्यास-फुपन्यास लिखता हूँ।

"आपका नाम—?"

"अमियनाथ सरकार।"

"हाँ याद आया! आपका लेखन तो मैंने पढ़ा है। आप तो जनाब सक्सेसफुल राइटर हैं! कसम से क्या लिखते हैं। एक बार पढ़ना शुरू करो तो छोड़ा नहीं जा सकता।"

"आप शान्तिनिकेतन में कितने दिन रहेंगे?"

"मैं भी वही दो दिन।"

"आपका परिचय—?"

"मुझे नाम से नहीं पहचान पाएँगे। मैं इलेक्ट्रिक सप्लाई कॉर्पोरेशन में नौकरी करता हूँ; नाम जयन्त बोस।"

हम लोगों का खाना आ गया। मैंने देखा, उस सज्जन ने आमलेट और टोस्ट खाया, साथ में एक कप चाय। दस मिनट में खाना खत्म करके फिर रवाना होने की सोच ही रहा था कि उस सज्जन ने कहा, "इतना लम्बा रास्ता अकेले-अकेले क्यों जाएँगे—आप हमारे एम्बेसडर में आइए ना; आपकी गाड़ी पीछे-पीछे आएगी। खूब गप करते-करते जाएँगे।"

ये प्रस्ताव मुझे अच्छा ही लगा। ड्राइवर को हिदायत दे दी और जयन्त बाबू की गाड़ी में बैठ गया। ये गाड़ी भी मोटा-मोटी नई ही लग रही थी। उस सज्जन से पूछा तो बोले, "लगभग एक साल पहले खरीदी थी।" हम लोग वहाँ से लगभग पौने एक बजे रवाना हो गए।

"सिगरेट पीते हैं?" जयन्त बाबू ने पूछा।

"हाँ, पीता हूँ। लेकिन आप मेरी एक सिगरेट पीजिए न।"

"वह तो ठीक है। फिलहाल मेरी वाली ही पी जाए।"

"लग रहा है कि आप मेरा वाला ब्रांड ही पीते हैं! विल्स।"

"जी हाँ। पुरानी आदत है। लेकिन आजकल पीना कम कर दिया है।"

"मैं भी। दिन में एक पैकेट। इससे ज्यादा नहीं।"

"मेरा भी वही हाल है। कैंसर-कैंसर की रट ने काफी डरा दिया है।"

हमारी गाड़ी चलने लगी। अब तक का सफर चुपचाप ही कटा था, अब गपशप का मौका पाकर अच्छा ही लग रहा था।

"आपका मूल निवास कहाँ है?" जयन्त बाबू ने पूछा।

"पैतृक मकान पूर्वी बंगाल में फरीदपुर। लेकिन वह मकान मैंने कभी नहीं देखा। मैं कोलकाता में ही पला-बढ़ा।"

"मैं भी पूर्वी बंगाल का हूँ। नोआखाली। पार्टीशन के समय पिता जी यहाँ आ गए। तब मैं भी निश्चित रूप से शिशु रहा होऊँगा।"

"कोलकाता में कहाँ रहते हैं?"

"न्यू अलीपुर।"

"मैं जनक रोड पर रहता हूँ।"

"पढ़ाई-लिखाई शायद कोलकाता में ही हुई है?"

"हाँ। मित्र इंस्टीट्यूशन और आशुतोष कॉलेज। मेरा साइंस था। पैंसठ में बी.एस.सी. पास किया था।

"लेकिन मैं बी.एस.सी. नहीं बी.ए. हूँ। और मेरा स्कूल था साउथ सब अर्बन मेन और कॉलेज सेंट जेवियर्स।"

"खेलने-कूदने का शौक था?"

"क्रिकेट खेलता था। खेल देखने का बहुत नशा था। तब टेलीविजन नहीं था कि घर बैठे देखेंगे। तब मैदान में जाना पड़ता था। खासकर फुटबॉल देखने।"

"फुटबॉल आपने बता ही दिया है, तो किस टीम को सपोर्ट करते हैं, यह भी जान लिया जाए। ईस्ट बंगाल या मोहनबागान?"

"मोहनबागान। इस मामले में कोई समझौता नहीं हो सकता।"

"आइए, हाथ मिलाते हैं।"

जयन्त बाबू ने सिगरेट को बाएँ हाथ के हवाले किया और दाहिना हाथ बढ़ा दिया। हम दोनों ने हाथ मिलाया। दोनों में इतना मेल देखकर हैरानी हो रही थी। जयन्त बाबू ने कहा, "आपके साथ बात करके वाकई काफी अच्छा लग रहा है। यहाँ तक का सफर अकेले चुपचाप बैठकर काटने से जी हलकान हो गया था। इसके अलावा दोनों में इतनी समानता, ये भी हैरतअंगेज है।"

शान्तिनिकेतन पहुँचे तो साढ़े तीन बज रहे थे। दोनों की बुकिंग बोलपुर टूरिस्ट लॉज में थी। इसके बाद कमरे भी आसपास बिलकुल अविश्वसनीय मामला।

कमरे में माल-पत्तर रखकर हाथ-मुँह धोया और अपने-अपने काम पर निकल पड़े। शान्तिनिकेतन के एक पुराने वाशिन्दे से परिचय था, उन्होंने ही मुझसे प्लॉट की बात की थी। मैं उन्हें साथ लेकर प्लॉट देख आया। पसन्द भी आ गया। प्लॉट के मालिक से भी बात हो गई। थोड़ी पेशगी देकर उस प्लॉट को बुक करवा लिया। उसके बाद अपने परिचित—नाम भवतारण दत्त—के घर जाकर चाय पी और साढ़े पाँच बजे तक लॉज में वापस आ गया। देखा कि जयन्त बाबू अभी नहीं लौटे हैं।

सोच रहा था कि बेयरे को बुलाकर और एक कप चाय देने के लिए कहूँ, उसी समय महसूस हुआ कि सिर में काफी दर्द है। साथ में एस्प्रो थी, एक खाकर बिस्तर पर लेट गया। एक घंटे सोने के बाद भी सिरदर्द ठीक नहीं हुआ। अब लगा कि यह सिर्फ सिरदर्द नहीं है। आँख भी जल रही थी और हरारत महसूस हो रही थी। नाड़ी दबाकर देखा तो काफी तेज चल रही थी। इधर पास में थर्मामीटर भी नहीं था, इसलिए बुखार भी नहीं देख पा रहा था।

ऐसे समय में दरवाजे पर आहट हुई। मैंने ऊँची आवाज में कहा, "अन्दर आ जाइए।"

दरवाजा ठेलते हुए जयन्त बाबू अन्दर आए। मुझे देखते ही उस सज्जन के चेहरे पर उद्विग्नता दिखी।

"ये क्या, आप बिस्तर पर क्यों? बाहर नहीं गए?"

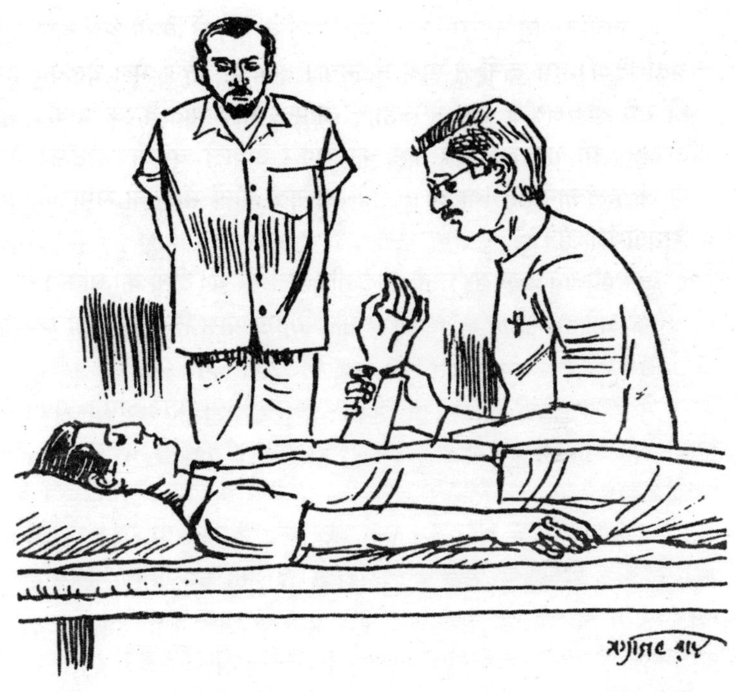

"गया था। काम हो गया है। वापस लौटकर आया तो देखा हरारत महसूस हो रही है। सिर भी दर्द में हो रहा है।"

उस सज्जन ने मेरे सिर पर हाथ रखकर कहा, "ये क्या, आपको तो ज्यादा बुखार है। ठहरिए, मेरे पास थर्मामीटर है।"

वे सज्जन अपने कमरे से थर्मामीटर लेकर आए। पता चला 102 डिग्री बुखार है। जयन्त बाबू बोले, "ठहरिए, खुद ही कुछ डिसाइड करने के बजाय मामले को डॉक्टर के हाथ में देना अच्छा होगा।"

"डॉक्टर—?"

"चिन्ता करने की जरूरत नहीं है। बोलपुर के पास ही डॉक्टर है। मेरा परिचित है। मैं सारा इन्तजाम कर रहा हूँ।"

वे सज्जन कमरे से बाहर चले गए थे।

आधा घंटा के अन्दर ही डॉक्टर भी आ गए। उन्होंने मेरी जाँच करने के बाद नुस्खा लिख दिया और कहा कि रात को मैं सिर्फ मुर्गी का स्टू खाऊँ। मैंने डॉक्टर से पूछकर उनकी फीस दे दी। वह भी जयन्त बाबू ही देना चाहते थे लेकिन मैं राजी नहीं हुआ।

डॉक्टर के जाने के बाद जयन्त बाबू ने कहा, "यह नुस्खा मेरे पास ही है। दवाएँ मैं ला दे रहा हूँ और किचेन में भी बोल दूँगा ताकि रात में आपके लिए मुर्गी का स्टू बना दे।"

मैंने मना करते हुए कहा, "दवा आप क्यों ले आएँगे, मेरा ड्राइवर है न।"

उन सज्जन ने मेरी बात जैसे सुनी ही नहीं। मुझे लगा, बेवजह बहस करने से फायदा नहीं है, इसलिए उनकी सहृदय सहायता को स्वीकार कर लिया और मन ही मन कहा—ये नहीं होते तो मैं सचमुच में मुसीबत में फँस जाता।

जयन्त बाबू ने दवा ला दी, मैंने एक टैबलेट खा ली। उन्होंने कहा, "मेरे बेटा-बेटी ठीक हैं, लिहाजा मैं बेफिक्र हूँ। मेरे पास कोई खास काम नहीं है, मैं यहीं बैठा हूँ। आप चुपचाप सोए रहिए। अगर नींद आती है तभी सोइए। मुझे लगता है कोलकाता से ही आपका शरीर बेसँभाल हो गया था।"

मैंने फिर विरोध करते हुए कहा, "आपके यहाँ रुकने का कोई प्रयोजन नहीं है। मैं अकेले ही थोड़ा सोने की कोशिश करता हूँ।"

"तो ठीक है। यहाँ रुकने के बजाय मैं एक घंटे बाद आकर एक बार देख जाऊँगा। दरवाजा अन्दर से बन्द मत कीजिएगा। यहाँ चोरों का कोई डर नहीं है।"

मैंने थोड़ा हँसकर कहा, "और मेरे पास भी धन-दौलत कुछ नहीं है।"

जयन्त बाबू चले गए। परोपकार करना सबको नहीं आता। अधिकांश लोग स्वार्थी होते हैं—कम से कम मेरी समझ तो यही कहती है। लेकिन जयन्त बाबू न सिर्फ परोपकारी हैं बल्कि जो कुछ भी करते हैं हँसते हुए करते हैं।

नींद नहीं आई। लगभग एक घंटे बाद जयन्त बाबू फिर आकर बोले,

"जब जगे ही हैं तो झटपट खा लीजिए। आपका स्टू तैयार है—मैंने पता लगा लिया है। आपके डाइनिंग रूम में जाने का सवाल ही पैदा नहीं होता है, लिहाजा मैं बेयरे को बोल दे रहा हूँ आपके लिए कमरे में ही खाना ला देगा।"

मैं आखिरकार राजी हो गया।

रात में अच्छी नींद आई। सबेरे उठकर महसूस हुआ शरीर हल्का लग रहा है। इसका मतलब डॉक्टर की दवा का असर हुआ है।

मैंने बाथरूम में मुँह धोने के बाद दाढ़ी भी बनाई। देखा, कोई असुविधा नहीं हो रही है।

लगभग आठ बजे जयन्त बाबू आए।

देखते ही बोले, "वाह, कसम से फ्रेश लग रहे हैं। देखें तो टेम्प्रेचर कितना है।"

टेम्प्रेचर निकला 98.8। यानि कह सकते हैं कि बुखार नहीं है।

मैं जयन्त बाबू से एक बात कहे बिना नहीं रह पाया और वह मेरे दिल की गहराइयों से निकली बात थी। अपने दोनों हाथों से उनके दाएँ हाथ को दबाकर कहा, "आपने मेरे लिए जो किया उसका कर्ज नहीं उतारा जा सकता सचमुच, विपत्ति में आपके जैसा दोस्त नहीं मिलता तो क्या करता, नहीं जानता।"

"दोस्त कहकर बुलाया है तो 'आप' क्यों?"

जयन्त बाबू ने कहा। 'तुम' पर उतर आया जाए। असहजता का भाव बिलकुल ही खत्म हो जाए।

इतने थोड़े समय में आप से तुम पर उतरना शायद स्वाभाविक नहीं है लेकिन इस प्रस्ताव का मैं विरोध नहीं कर पाया। मैंने कहा, "ठीक है, तुम्हें यदि कोई आपत्ति नहीं है तो मुझे भी नहीं है। तुम ही चलेगा।"

"तो आज यहाँ बिताकर कल रवाना हुआ जाए, क्या कह रहे हो? आज सिंह-सदन में गाने-बजाने का प्रोग्राम है, वह शाम को देखा जा सकता है। मेरी लड़की वहाँ आने के लिए काफी जिद कर रही थी।"

मैंने कहा, "तथास्तु।"

दूसरे दिन सुबह ब्रेकफास्ट के बाद हम लोग निकल पड़े। तबीयत चंगी लग रही थी। बुखार का नामोनिशान नहीं था।

इस बार जयन्त को मारुति में बिठाकर हम लोग आगे बढ़े। पीछे-पीछे एम्बेसडर। रास्ते में तमाम बातें करते। रास्ते के किनारे उतरकर चाय की दुकान में चाय पीते, पांडुआ में उतरकर प्राचीन भग्नावशेषों की देखते यह दोस्ती और जम उठी। मन ही मन कहा, यह आदमी इतने दिनों तक कहाँ था? आदमी आदमी में आश्चर्यजनक ढंग से परिचय हो जाता है। इसके साथ कोलकाता जाकर खूब मुलाकातें होंगी, सुख-दुःख की बातें होंगी, दोनों शाम को बैठकर शतरंज की बाजी जमाएँगे, यह सोचकर ही मन खुशी से भर उठा।

कोलकाता पहुँचकर स्वाभाविक रूप से पहले जयन्त को न्यू अलीपुर में छोड़ा। "घर भी पहचान लिया अब तो पूरे परिवार को लेकर आऊँगा।" मैंने कहा।

घर लौटकर पत्नी मनोरमा को सारी घटना बताई, "अति मूल्यवान चीज पाई है। एक नया, खाँटी दोस्त।"

तीन दिन बाद उसकी चिट्ठी आई। जिस दिन शान्तिनिकेतन से लौटे उसी दिन की लिखी, लेकिन लोकल डाक महकमे की मेहरबानी से इसे पहुँचने में तीन दिन लगे। चिट्ठी का मजमून कुछ इस तरह था—

अमिय भाई,

पचीस साल बाद भी तुम्हें पहचानने में असुविधा नहीं हुई, लेकिन मेरी दाढ़ी की वजह से शायद तुम मुझे पहचान नहीं पाए। मैंने अपना असली नाम भी तुम्हें नहीं बताया, यही नहीं और भी कई झूठ बोले क्योंकि मेरा असली परिचय जानने के बाद तू मुझसे दोस्ती नहीं करता और उसके साथ ही मेरा प्रायश्चित भी अधूरा रह जाता। मैं हूँ तेरे स्कूल का सहपाठी कौशिक मित्र, घर का नाम रेण्टू। निश्चित रूप से तुझे याद दिलाने की जरूरत नहीं है कि तेरे साथ मेरा साँप और नेवले का रिश्ता था। तू था क्लास का अच्छा लड़का, और मैं था सबसे बड़ा शैतान। तेरे पीछे कितने दिन तक कितने तरह

के षड्यंत्र किए, वह सब सोचकर हैरानी हो रही है। उन दिनों की बातें याद करके तेरे मन में कोई कड़वाहट रह गई हो तो उम्मीद है कि इन दो दिनों की दोस्ती में वह घुल गई होगी। याद रखना, हम लोग दोनों अब बिलकुल जुदा शख्सियतें हैं, स्कूल तो बीते दिनों की कहानी है। यह नया सम्पर्क ही असली है, पुराने का कोई मतलब नहीं है।

इति तुम्हारा दोस्त
रेण्टू

पुन: 'तुम' से 'तू' पर उतरने पर कोई आपत्ति तो नहीं है?

मैंने चिट्ठी का फौरन जवाब दिया—

रेण्टू भाई,

तेरी चिट्ठी पाकर बहुत खुश हुआ। अगले रविवार शाम को मैं तेरे घर आ रहा हूँ। तब बातें होंगी।

इति तुम्हारा दोस्त
अमू

सन्देश, पौष, 1394 (दिसम्बर 1987-जनवरी 1988)

शिशु साहित्यकार

बच्चों की मासिक पत्रिका 'बहुरूपी' एक साल से निकल रही है। सम्पादक सुप्रकाश सेनगुप्ता पत्रिका को अच्छा बनाने के लिए दिलो-जान से कोशिश करते हैं। रुपये का जोर नहीं है, लिहाजा काम आसान नहीं है। ग्राहक संख्या डेढ़ हजार के लगभग; जो विज्ञापन आता है उसी से खींच-खाँचकर काम चल रहा है। फायदा बिलकुल नहीं होता है। लेकिन सुप्रकाश आदर्शवादी हैं, उनको विश्वास है कि पत्रिका खड़ी हो जाएगी और इसके लिए कोशिश करने में वे कोई कसर नहीं छोड़ते हैं।

सबसे ज्यादा मुश्किल खड़ी होती है कहानियों को लेकर। कहा जा सकता है कि बच्चों के लिए अच्छी कहानियाँ प्राय: नहीं आती हैं। यहाँ तक कि सुप्रकाश ने एक-दो बार नामी लेखकों की रचनाएँ भी जुगाड़ कीं लेकिन वे भी बेकार में लिखी कहानियाँ निकलीं। नाम-दाम वाली लोकप्रिय पत्रिकाओं को भी सुप्रकाश पढ़कर देख चुके हैं, उनकी कहानियाँ भी बहुत आला दर्जे की

नहीं हैं। नतीजतन, सुप्रकाश ने तो मान लिया है कि अब उस तरह की अच्छी कहानियाँ लिखी ही नहीं जा रही हैं।

हालाँकि पांडुलिपि की कमी नहीं है। हर महीने डाक से साठ-सत्तर रचनाएँ आती हैं—कहानी, कविता, निबन्ध। सुप्रकाश कहानियों पर ज्यादा जोर देते हैं, इसलिए उन्हीं पांडुलिपियों को वे पहले पढ़ते हैं। अफसोस कि उनमें से ज्यादातर रचनाएँ खारिज हो जाती हैं। नए लेखकों की काफी रचनाएँ आती हैं और उन्हें पढ़ते ही समझ में आ जाता है कि इम्मैच्योर हैं। कभी-कभी तो ऐसी रचनाओं को पढ़ने की भी जरूरत नहीं पड़ती है।

पांडुलिपि की सूरत देखकर ही सुप्रकाश उन्हें खारिज कर देते हैं। सिर्फ पांडुलिपि की शक्ल ही क्यों, कई बार तो लेखक का नाम पढ़कर ही समझ में आ जाता है कि इस रचना को पढ़ने का कोई फायदा नहीं है। नदेर चाँद भड़ नाम के एक सज्जन ने तीन-चार कहानियाँ भेजी हैं। साथ में डाक टिकट भी। सुप्रकाश ने उन्हें बिना पढ़े ही वापस कर दिया है। जिनका नाम नदेर चाँद भड़ है, उनसे सुप्रकाश को कोई उम्मीद नहीं है। उनकी पांडुलिपि भी साफ-सुथरी नहीं है। रचना वापस करते समय प्रिंटेड चिट्ठी भी जाती है—"आपकी अमुक रचना मंजूर नहीं होने के कारण वापस भेजी जा रही है। नमस्कार इति-इत्यादि।

उसी तरह बटकेष्टो होड़, नकुड़ चन्द्र हाथी, गजानन आईच—इन सबकी रचनाएँ भी सुप्रकाश बिना पढ़े वापस भेज चुके हैं। उनका मन कहता है कि लेखक के नाम के साथ कहानी के उत्कर्ष में सामंजस्य रहता है। ये आशा करना भूल है कि अजीबो-गरीब नाम वाले अच्छे लेखक होते हैं। बहरहाल कहानियों के मामले में अब तक पत्रिका को दो लेखकों ने बचा रखा है—अमियनाथ बसु और संजय सरकार। दोनों ही सुप्रकाश की खोज हैं, दोनों ही नियमित कहानियाँ भेजते हैं, और दोनों ही अच्छा लिखते हैं। कहानी का विषय और भाषा, दोनों ही अच्छे हैं। सुप्रकाश की पत्रिका की माली हालत अच्छी नहीं है फिर भी इन दोनों लेखकों को लगातार पारिश्रमिक भिजवाते हैं।

ऐसा नहीं है कि रचनाएँ हर समय डाक से ही आती हैं। बीच-बीच में लेखक खुद रचना लेकर हाजिर हो जाते हैं। हो सकता है कि ये मानते हों कि रचना खुद लेकर जाने से मंजूरी की सम्भावना ज्यादा होती है। ऐसे लेखकों को सुप्रकाश रचना छोड़कर जाने के लिए कह देते हैं—उचित समय पर राय बता दी जाएगी।

एक दिन दोपहर में सुप्रकाश अपने छोटे-से ऑफिस में बैठकर पांडुलिपि पर नजर दौड़ा रहे थे कि धोती-कुर्ता पहने बीमार-से दिख रहे एक गोरे सज्जन रचनाओं का बंडल लिये हुए उनके ऑफिस में घुसे। सुप्रकाश ने मुँह उठाकर सवालिया निगाह डाली तो वे जनाब बोले, "मैं एक शिशु

साहित्यकार हूँ; मेरा नाम उज्ज्वल बन्द्योपाध्याय हैं। मैं आपकी पत्रिका के लिए कई कहानियाँ लेकर आया हूँ। आप कम से कम एक अगर अभी पढ़ लेते।..."

"अभी?" सुप्रकाश ने थोड़ी हैरानी से सवाल पूछा।

"जी हाँ।" आजकल डाक में बड़ा गोलमाल हो रहा है। लिहाजा मैं खुद अपने साथ रचनाएँ लेकर आया हूँ। तीन छोटी कहानियाँ हैं। मेरा पक्का विश्वास है कि आपको पसन्द आएँगी। मैं शुरू से ही 'बहुरूपी' पढ़ रहा हूँ। इस पत्रिका से मुझे मोह हो गया है। लेकिन कुछ दिनों से देख रहा हूँ कि पत्रिका में उतनी जोरदार कहानियाँ नहीं आ रही हैं। मैं नाकतला में रहता हूँ। आप अगर कम से कम एक कहानी अभी पढ़कर अपने विचार व्यक्त कर दें तो उपकृत होऊँगा। मैं इस कुर्सी पर बैठता हूँ, मुझे जल्दबाजी नहीं है।

"आमने-सामने मैं यह काम नहीं करता हूँ।" सुप्रकाश ने कहा।"

"मैं जानता हूँ लेकिन मेरा विशेष अनुरोध है। कहानी छोटी है; आपको ज्यादा समय नहीं लगेगा।"

"बैठिए।"

सुप्रकाश ने आखिरकार उनके हाथ से बंडल ले लिया। तीन कहानियाँ, पांडुलिपि पर्याप्त स्पष्ट। सुप्रकाश ने एक कहानी को पढ़ना शुरू किया।

कहानी पढ़ने में दस मिनट लगा। काफी अच्छी रचना थी। इतनी बढ़िया कहानी सुप्रकाश के दफ्तर में कभी नहीं आई थी। सुप्रकाश ने अपनी इच्छा से बाकी दोनों कहानियाँ भी पढ़ डालीं। ये दोनों भी चमत्कार। इस आदमी में काबिलियत है, इसमें कोई सन्देह नहीं है।

"अच्छी कहानियाँ हैं," सुप्रकाश ने कहा। मैं तीनों ही कहानियाँ रख रहा हूँ। एक के बाद एक प्रकाशित करूँगा। 'भवघुरे' कहानी सबसे अच्छी है, उसे मैंने पूजा के अंक में छापने के लिए चुन लिया है। आपको उचित समय पर उपयुक्त पारिश्रमिक भिजवा दूँगा।"

"बहुत धन्यवाद। सुनिए, आपसे एक सवाल पूछना था!"

"पूछिए।"

"आप क्या सत्यभामा इंस्टीट्यूशन में पढ़ते थे?"

"हाँ। क्यों बताइए तो?"

"मैं भी उसी स्कूल में पढ़ा हूँ। आपसे एक क्लास पीछे था।"

"अच्छा!"

"हाँ—आप मुझे पहचान नहीं पाएँगे क्योंकि मैं काफी दुबला हो गया हूँ।"

"हो सकता है। इसके अलावा पच्चीस साल पहले की बात भी तो है।"

"लेकिन आप बहुत ज्यादा नहीं बदले हैं। आपकी सिर्फ एक चीज बदली है।"

"क्या?"

"आपका नाम। मैं आपको निधुदा कहकर बुलाता था। आपका नाम था निधिराम धाड़ा।"

"आप ठीक कह रहे हैं। लेकिन, क्या उस नाम से पत्रिका का सम्पादक हुआ जा सकता है?" सुप्रकाश बोले, "इसीलिए पत्रिका शुरू करते समय नाम बदल लिया।"

उज्ज्वल खड़े हो गए।

"तो मैं चलता हूँ। आपको कहानियाँ पढ़वाकर सचमुच में आनन्द का अनुभव हुआ, निधुदा। आपको निधुदा बुला रहा हूँ तो बुरा मत मानिएगा।"

वो सज्जन बंडल लेकर आए थे, अब खाली हाथ लौट गए बहुरूपी के ऑफिस से। हालाँकि असली बात वे पकड़ चुके थे। बहुरूपी के सम्पादक उनकी रचनाएँ बिना पढ़े ही लौटा चुके थे। यही कहानियाँ थीं और इसके लिए उनका नाम ही जिम्मेदार है। नदेर चाँद भड़। पूरा नाम ही बदल लेना उचित था और खुद नहीं लिखकर अपनी बहन से ही पांडुलिपि लिखवाना जरूरी था।

खैर, अब से उनकी रचना बहुरूपी में छपेगी, इसमें कोई शक नहीं है।

सन्देश; फाल्गुन, 1394 (फरवरी-मार्च 1988)

निताई बाबू की मैना

निताई बाबू को बहुत दिन से शौक है एक मैना खरीदने का। उनके दोस्त शशांक सेन के घर में एक मैना है। वह बांग्ला में खूब बात करती है। उसकी बात सुनने के लिए ही निताई बाबू महीने में कम से कम तीन बार शशांक बाबू के घर जाते हैं। उस दिन तो शशांक बाबू के बैठकखाने में दाखिल होते ही निताई बाबू ने सुना, मैना बरामदे से ही बोल पड़ी, 'आइए, बैठिए।' बिलकुल इनसान की आवाज। सिर्फ थोड़ी-सी नाक से निकली हुई, जैसी सर्दी लगने पर हो जाती है। शशांक सेन ने चार साल तक मैना को बोलना सिखाया है। उनके बेटे और पत्नी ने भी मैना को सिखाने में अपना योगदान दिया है। लिहाजा उस चिड़िया के पास इस समय बातों का विशाल स्टॉक है। निताई बाबू मुग्ध होकर सुनते हैं, और मन ही मन सोचते हैं—ऐसा ही एक पक्षी रहता तो कितने मजे से शामें गुजरतीं। शशांक बाबू ने मित्र को दुकान का पता भी बता दिया है। "न्यू मार्केट में पक्षियों का सेक्शन जानते हैं न? वहाँ जाकर

लतीफ की दुकान खोजिएगा। मैंने भी लतीफ की दुकान से ही यह मैना खरीदी थी।"

निताई बाबू नेशनल इंश्योरेंस कम्पनी के एकाउंट्स डिपार्टमेंट में काम करते हैं। शादी नहीं की है। भवानीपुर के बेनीनन्दन स्ट्रीट के एक फ्लैट में रहते हैं। ऑफिस लौटते समय भी जाना नहीं हो पाता है क्योंकि मार्केट बन्द हो जाता है। इसलिए गुड फ्राइडे की छुट्टी के दिन सवेरे दस बजे निताई बाबू बाजार में हाजिर हुए। पक्षी बाजार के बारे में मालूम ही था, वहाँ जाकर लतीफ के बारे में पूछते ही एक सज्जन आगे आकर बोले, "क्यों सर? लतीफ क्यों? आपको चिड़िया खरीदनी है न?" निताई बाबू के हाँ कहते ही वह बोल पड़ा, "तो मेरी दुकान में आइए न। मेरा स्टॉक किसी से कम नहीं है।"

दुकान बड़ी थी, इसमें कोई सन्देह नहीं है और चिड़ियों से पटी हुई भी। उनकी चहचहाहट के कारण कुछ सुनाई नहीं दे रहा है।

"किस चिड़िया की तलाश है?" दुकानदार ने पूछा।

"मैना।"

"कितनी चाहिए आपको? ये देखिए पिंजड़ों की कतार। सब मैना हैं।"

"बात करती है?"

"मैना बात क्यों नहीं करेगी? सिखा देने पर बोलेगी? टॉकिंग बर्ड में मैना का स्थान एकदम टॉप पर है। लेकिन एक बात है—मैना दो किस्म की होती है। नेपाली और असमी।"

"दोनों में क्या फर्क है?"

"असमी का दाम ज्यादा है क्योंकि ज्यादा अच्छी तरह से बातें करती है।"

निताई बाबू ने मन ही मन तय कर लिया कि असमी मैना ही खरीदनी है। इसके बाद वे घूम-घूमकर मैना देखने लगे।

"सर, मेरा नाम याद रखिएगा," दुकानदार ने कहा, "मणिलाल कर्मकार। छप्पन साल से यही व्यवसाय है हम लोगों का। ग्रैंडफादर ने शुरू किया था।"

"पिंजड़े समेत मैना मिलेगी तो?"

"निश्चित रूप से। लेकिन पिंजड़े का दाम अलहदा लगेगा। पहले आप च्वाइस तो कर लीजिए। ये असमी हैं और ये नेपाली।"

निताई बाबू और समय जाया किए बिना एक असमी मैना को दिखाकर बोले, "मैं इसे खरीदूँगा?"

मामूली मोलभाव के बाद तीन सौ में सौदा तय हुआ—चिड़िया के दो सौ बीस और पिंजड़े का अस्सी। निताई बाबू मय पिंजड़े के मैना लेकर न्यू मार्केट के बाहर खड़ी एक टैक्सी में बैठकर घर की ओर रवाना हुए।

छोटा फ्लैट। दो कमरे और एक बरामदा। अकेली जान के लिए काफी। नौकर गणेश के हाथ पिंजड़ा सौंपते हुए निताई बाबू बोले, "इसे बरामदे में टाँगने का इन्तजाम करो।"

मणिलाल ने बता दिया था कि चिड़िया को खाने में क्या देना है। निताई बाबू ने नौकर को इस बारे में भी निर्देश दे दिया।

"बोलो राधाकृष्ण!"

निताई बाबू से रहा नहीं गया। नहाना-खाना नहीं हुआ था, लेकिन चिड़िया की वाक्शक्ति की परीक्षा किए बिना उन्हें चैन नहीं था।

"राधाकृष्ण, राधाकृष्ण। बोलो तो राधाकृष्ण।" पिंजड़े के सामने खड़े होकर पलक झपकाए बिना चिड़िया की ओर देखते हुए निताई बाबू फिर बोले।

इसके बाद मैना ने अपनी गर्दन थोड़ी-सी हिलाई। फिर साफ आवाज में बोल पड़ी—"हैलो गुड मॉर्निंग"।

"यह क्या! यह चिड़िया तो अंग्रेजी बोलती है!"

निताई बाबू अभी हैरान-परेशान ही थे कि चिड़िया फिर बोली, "यू रास्कल!" और अगले ही पल काफी तल्ख लहजे में बोल उठी, "शट अप! शट अप!"

निताई बाबू मैना की बोली सुनकर चमत्कृत तो हुए लेकिन उनका मन भी भारी हो उठा। मणिलाल कर्मकार ने ऐसी गलती कैसे की? इसमें शक नहीं कि यह मैना किसी साहब के घर में थी। चिड़िया की बातें सुनकर निताई बाबू को इसका भी थोड़ा अन्दाजा हो गया था कि वे साहब कैसे होंगे। उम्र लगभग पचास साल होगी और स्वभाव चिड़चिड़ा। शायद दोगले साहब यानी फिरंगी। यह मैना कभी बांग्ला जुबान बोलेगी या इसी समय इसे वापस कर दिया जाए?

काफी सोच-विचार के बाद निताई बाबू इस नतीजे पर पहुँचे कि मैना को कुछ दिन तक सिखाकर देखा जाए। यह मैना शशांक बाबू की मैना से ज्यादा साफ आवाज में बोलती है। अर्थात इसमें सन्देह नहीं कि वाक्शक्ति के लिहाज से यह काफी आला दर्जे की मैना है। यही नहीं, निताई बाबू को यह जानने की उत्सुकता भी हुई कि यह मैना अंग्रेजी में और कितनी बातें करती है।

ना, इसे कुछ दिन रहने दिया जाए। मैना तो अंग्रेजी और बांग्ला में फर्क नहीं कर सकती, जो सुनती है वही बोलती है। इसने इतने दिनों तक अंग्रेजी सीखी है, अब बांग्ला सीखेगी।

तीन दिन में ही निताई बाबू को मालूम पड़ गया कि इस मैना का अंग्रेजी का स्टॉक तो अनन्त है। और, उसमें ज्यादातर शब्द गाली-गलौज और धमकीवाले हैं। स्टुपिड, फूल, सिली ऐस, यू इडियट, डैम इट, शटअप, गेट आउट, इसी तरह के शब्द ज्यादा थे। और इस तरह की बातें सुनकर लगा कि मैना बदमिजाज है।

इधर मैना को बांग्ला सिखाने की कोशिशें भी चलती रहीं। राधाकृष्ण, जय माँ तारा, दुर्गा दुर्गा, ठाकुर भात दाऊ, आसुन, नमस्कार, केमन आछेन—ये सब और भी बहुत-सी बातें निताई बाबू सुबह ऑफिस जाने से पहले और शाम को ऑफिस से लौटने के बाद अपनी मैना को सिखाने की कोशिश करते। आधा घंटे की चेष्टा के बाद जब मैना तीखे स्वर में कहती, 'स्टॉप इट, स्टॉप इट' तो हताशा में निताई बाबू का दिल भर उठता। निताई बाबू यह तो नहीं जानते कि चिड़िया जीभ से बोलती है लेकिन अगर यह सही है तो इसमें सन्देह नहीं कि इस मैना की जुबान अंग्रेजी बोलने के लिए ही बनी है।

दो महीने की कोशिश के बाद निताई बाबू हथियार डालने के लिए बाध्य हुए। लेकिन मैना पालने का शौक नहीं मिटा था। इसलिए उन्होंने तय किया कि मणिलाल की दुकान में जाकर इसे वापस करेंगे और दूसरी मैना ले आएँगे। मैना खरीदने से पहले उसकी जाँच भी करेंगे कि वह बांग्ला के अलावा और कोई जुबान तो नहीं बोलती।

आगे कोई छुट्टी नहीं थी इसलिए एक दिन बीमारी का बहाना बनाकर ऑफिस नहीं गए और न्यू मार्केट पहुँच गए।

मणिलाल की दुकान में दाखिल होते कर्मकार महाशय आँखें फाड़कर बोले, "ये क्या आप? ये तो विचित्र मामला है महाशय!"

दुकान में एक और खरीदार है, इसे निताई बाबू ने वहाँ पहुँचते ही देख लिया था। मणिलाल बाबू ने इस बार कहा, "क्या गड़बड़झाला है

महाशय—गलती से फेरिस साहब की मैना आपको बेच दी थी। अब साहब उस मैना की खोज में यहाँ आए हैं। मैना नहीं मिली तो मुझे मारने-पीटने पर आमादा थे!"

फेरिस साहब को देखते ही निताई बाबू को लग गया था कि उनका अनुमान गलत नहीं था। यह आदमी काफी बदमिजाज है, यह देखकर ही लग रहा है। निताई बाबू के हाथ में पिंजड़ा देखते ही साहब चिल्ला उठे, "व्हाई, दैट्स माइ मैना!" निताई बाबू ने टूटी-फूटी अंग्रेजी में हिन्दी मिलाकर उन्हें समझा दिया कि इस मैना को वे वापस करने आए हैं, इसलिए वे इसे ले सकते हैं। साहब ने मैना के बारे में जो वाकया सुनाया वह कुछ इस तरह था—किसी जरूरी काम से उन्हें अचानक आस्ट्रेलिया जाना पड़ गया, तीन महीने के लिए। इसी बीच उनके नालायक जुआरी बेटे को रुपयों की दरकार हुई तो उसने अपने बाप की मैना को बेच दिया। "ही इज ए स्काउंड्रल।" फेरिस साहब ने आँखें तरेरते हुए कहा, "मैंने कल वापस आने के बाद जब देखा कि मैना गायब है तो मेरा दिमाग आपे से बाहर हो गया। तब पीटर ने बताया कि उसने मैना को मणिलाल की दुकान में बेचा है, हो सकता है कि अब भी वह वहाँ हो! तब मैंने हड़बड़ी में यहाँ आकर देखा कि दिस फूल मणिलाल हैज सोल्ड इट टू ए बंगाली कस्टमर। मैंने तो अपने सिर के बाल ही नहीं नोंचे थे, बता तो, तुम मैना वापस कर रहे हो न?"

निताई बाबू ने कहा, "यस, आई शैल बाई अनदर वन।"

"वेरी गुड। लेकिन क्या तुम्हें यह मैना पसन्द नहीं थी?"

"नहीं, साहब। खूब चतुर चिड़िया है किन्तु वह अंग्रेजी के अलावा कुछ नहीं बोलती। दो महीने तक कोशिश करने के बाद भी मैं इसे बांग्ला नहीं सिखा पाया।"

मणिलाल कर्मकार ने निताई बाबू की ओर मुड़ते हुए कहा, "तो क्या आप एक दूसरी मैना लेंगे? मेरे पास एक फर्स्ट क्लास नई असमिया मैना आई है—चुस्त बांग्ला में बातें करती है।"

"कहाँ, दिखाओ तो?"

मणिलाल ने एक पिंजड़े के सामने पहुँचकर कहा, "यही है वह मैना।"

निताई बाबू जैसे ही पिंजड़े की ओर झुके, मैना बोल उठी, "चिन्तामणि, चिन्तामणि।"

निताई बाबू ने बिना किसी दुविधा के कहा, "यह मैना ही मैं लूँगा।"

"तुमने मेरी मैना कितने में खरीदी थी?" फेरिस साहब ने निताई बाबू से पूछा।

"पिंजड़ा सहित तीन सौ रुपये में," निताई बाबू बोले।

फेरिस साहब ने मनीबैग निकाला और उसमें से सौ-सौ रुपये के तीन नोट निताई बाबू को थमाते हुए बोले, "मेरे प्रतिभाशाली बेटे के कारण अपनी पालतू चिड़िया मुझे दूसरी बार पैसे देकर मोल लेनी पड़ी। ऐनीवे, ऑल इज वेल दैट एंड्स वेल। आशा करता हूँ कि इन दो महीनों में मेरी चिड़िया अंग्रेजी भूली नहीं होगी।"

साहब के चेहरे पर पहली बार हँसी दिखी।

निताई बाबू ने फेरिस साहब से हासिल तीन सौ रुपये मणिलाल की हथेली पर रख दिए। मणिलाल बाबू फुसफुसाते हुए बांग्ला में बोले, "अपनी चिड़िया यहाँ न पाकर साहब ने मुझे इतनी गालियाँ सुनाईं कि मेरा कान अब भी भों-भों कर रहा है।"

फेरिस साहब ने अब अपने हाथ आई मैना को देखकर कहा, "टूट्सी—से हैलो गुड मॉर्निंग, से हैलो गुड मॉर्निंग!"

पिंजड़े का पंछी थोड़ी देर की चुप्पी के बाद लगभग इनसानी आवाज में बोल पड़ा, "राधाकृष्णा, ठाकुरभात दाऊ, दुर्गा दुर्गा।"

सन्देश; वैशाख, 1396 (अप्रैल-मई 1989)

रण्टू के दादू

रण्टू पन्द्रह साल का है लेकिन इसी उम्र में उसने अद्‌भुत आवाज पाई है। वह सवेरे उस्ताद से एक घंटा गाना सीखता है। जो भी उसका गाना सुनता है वही कहता—'ये लड़का और कुछ वर्षों में महफिल में गाना गाएगा।' ये गुण उसने कहाँ से हासिल किया ये बताना बहुत मुश्किल है क्योंकि रण्टू के माँ-बाप में से कोई भी गा नहीं सकता। पिता बहुत अच्छे विद्यार्थी थे, वह गुण तो रण्टू में भी है और माँ से मिला है अच्छा स्वभाव और गोरा रंग। लेकिन गाना?

रण्टू के घर में रहते हैं उसके माँ-बाप, सात वर्षीया एक बहन और बहत्तर साल के बूढ़े दादूजी। दादू अमियकान्ति लाहिड़ी ने बीस साल की उम्र में बी.ए. पास करने के बाद अपने पिता की तरह होम्योपैथी का पेशा अपना लिया। छब्बीस साल की उम्र में उनके बेटे के जन्म के कुछ ही महीने के अन्दर उन्हें एक ऐसी असाध्य बीमारी ने घेर लिया कि उनकी जान तो बच गई लेकिन उनकी चिन्तनशक्ति और उसी के साथ उनकी

स्मरणशक्ति लगभग गायब हो गई। नतीजतन, वे किसी काम के काबिल नहीं रहे। किस्मत से उनके पिता काफी धन छोड़कर गए थे, इसलिए अमियकान्ति को बेरोजगारी का दंश नहीं झेलना पड़ा। उसके बाद एकमात्र सन्तान विनय ने फर्स्ट क्लास से बी.ए. पास करने के बाद जब अच्छी नौकरी हासिल की तो रण्टू के परिवार की खाने-पीने की चिन्ता खत्म हुई। उम्र के साथ-साथ रण्टू के दादूजी की चिन्तनशक्ति में सुधार हुआ है। उसके साथ स्मरणशक्ति भी बढ़ी है। अतीत की कई बातें वे न जाने क्यों भूल चुके थे। इधर अचानक कई यादों ने उन्हें कुरेदना शुरू कर दिया है। लेकिन दादूजी के पुराने दिनों की कई बातों पर रण्टू यकीन नहीं करता है। वह कहता है, "तुम बनावटी बातें करते हो। दरअसल तुम सबकुछ भूल चुके हो!" दादू-पोता का सम्बन्ध काफी रसीला था। बीच-बीच में दादू के दिमाग में दुष्टता भी पैदा होती है लेकिन उन्हें इस बात का अफसोस है कि उनमें ऐसा कोई गुण नहीं है जो पोते के अन्दर आलोकित हो सके।

रण्टू के पड़ोसी बूढ़े सतीनाथ बागची बीच-बीच में शाम को रण्टू के घर गप-सड़ाका करने आते हैं। एक दिन वे अपने साथ अपने दोस्त प्रमथ दत्त को लेकर पहुँचे। रण्टू के दादू का परिचय मिलते ही उनकी भृकुटि टेढ़ी हो गई। उन्होंने कहा, "अमियकान्ति लाहिड़ी? आपका गाना तो ग्रामोफोन रिकॉर्ड में था--है न?" रण्टू के दादू बोले, "ये तो नहीं बता सकता। बीमारी के कारण मेरी कई पुरानी यादें मिट चुकी हैं।"

प्रमथ दत्त बोले, 'लेकिन मुझे स्पष्ट याद है। अमियकान्ति लाहिड़ी—हाँ, यही नाम। श्यामासंगीत गाते थे। पचास साल पहले का वाकया है। वह रिकॉर्ड हमारे घर में था। अब हालाँकि नहीं है।"

सीतानाथ बागची ने कहा, 'मणिलाल के पास ढूँढ़कर देख सकते हैं। उसे रिकॉर्ड संग्रह करने का बहुत शौक था।'

दोनों बूढ़ों के जाने के बाद रण्टू के दादू ने आँखें फैलाकर पोते से कहा, "सुन लिया न—एक समय में मैं गाना गा सकता था। मेरे गाने का रिकॉर्ड था।"

रण्टू ने कहा, "जब तक उस रिकॉर्ड को अपनी नज़रों से नहीं देख

लेता, तब तक यकीन नहीं करूँगा।"

रण्टू ने अपने पिता को यह बात बताई तो बिनय लाहिड़ी ने कहा, "पिताजी अगर कभी गाना गाते थे तो वह मेरे जन्म से पहले गाते होंगे। मेरे होश में आने के बाद पिताजी ने कभी गाना नहीं गाया।"

इधर रण्टू के दादू ने जिद पकड़ ली कि उनके गाए हुए गाने का एक रिकॉर्ड जुगाड़ कर उनके पोते को सुनाना ही होगा। आश्चर्य है—ऐसा मामला दिमाग से बिलकुल ही मिट गया था!

सतीनाथ बागची ने उस दिन रिकॉर्ड जमा करनेवाले एक शख्स का जिक्र किया था, यह बात रण्टू के दादू को याद थी। उन्होंने बागची महाशय के घर जाकर उसका पता-ठिकाना नोट कर लिया। मणिलाल सेन, 26 नम्बर एमहर्स्ट स्ट्रीट। बागची महोदय ने उन्हें खूब भरोसा दिलाया है। बकौल बागची मणिलाल के घर में तारासुन्दरी का नाटक सुना है; दीनू ठाकुर का गाना सुना है; आपका रिकॉर्ड जमा करने का उसका शौक अब भी जिन्दा है, नहीं जानता। कई सालों से उसके साथ मेरी मुलाकात नहीं हुई है।"

अगले दिन रण्टू के दादू छब्बीस नम्बर एमहर्स्ट स्ट्रीट पहुँच गए। मणिलाल सेन घर पर ही थे, अमियकान्ति को उन्होंने बैठकखाने में लाकर बिठाया। वे भी बूढ़ों की जमात में शामिल थे, उम्र सत्तर के आसपास थी। अमियकान्ति समय गँवाए बिना असली बात पर आ गए।

"सुना है ग्रामोफोन रिकॉर्ड का आपका संग्रह काफी अच्छा है।"

"सो तो है। लगभग आठ-नौ सौ रिकॉर्ड हैं। हालाँकि अब सुनने की इच्छा नहीं होती लेकिन किसी जमाने में थी।"

"अमियकान्ति लाहिड़ी का कोई रिकॉर्ड आपके पास है क्या?"

"आप अपनी बात बता रहे हैं क्या?"

"जी हाँ। जवानी में मेरे गाने के रिकॉर्ड बने थे। अब ढलती उम्र में उन्हें सुनने की इच्छा महसूस कर रहा हूँ।"

"मैं इस मामले में आपकी कोई मदद नहीं कर सकता। इस नाम के किसी गायक का रिकॉर्ड मेरे संग्रह में नहीं है।"

"और किसी के संग्रह की बात आप जानते हैं क्या?"

"बागबाजार के विश्वनाथ भट्टाचार्य। पता दे रहा हूँ। उसने और मैंने लगभग एक साथ ही रिकॉर्ड संग्रह शुरू किया था।"

रण्टू के दादू बागबाजार में विश्वनाथ भट्टाचार्य के घर पहुँचे। प्राचीन, जीर्ण घर लेकिन इसके मालिक काफी पैसेवाले हैं, इसमें शक की कोई गुंजाइश नहीं थी।

"अमियकान्ति लाहिड़ी?"

"जी हाँ।"

"मतलब, आप अपने बारे में बता रहे हैं?"

"जी हाँ। जवानी में मेरे गानों का रिकॉर्ड बना था। वह रिकॉर्ड मेरे पास नहीं है।

"वह रिकॉर्ड तो अत्यन्त दुर्लभ है।"

"अच्छा?"

"लेकिन मेरे पास तीन हैं। श्यामासंगीत के दो और कीर्तन का एक।"

"अब मेरा एक अनुरोध है।"

"क्या?"

"इन तीनों में से कम से कम एक रिकॉर्ड अगर आप मुझे उधार दे दें तो मैं आपका काफी आभारी रहूँगा। मैं वायदा करता हूँ कि उस रिकॉर्ड की जितनी हिफाजत हो सकती है करूँगा और जैसा लिया था वैसा ही वापस कर दूँगा।"

"अगर आपकी इच्छा है तो मैं दे रहा हूँ—हालाँकि यूँ ही मैं रिकॉर्ड उधार नहीं देता हूँ।"

इसके बाद उस सज्जन ने एक अलमारी से रिकॉर्ड के एक बक्से के बाद दूसरा निकालना शुरू किया। हर बक्से पर उसके अन्दर रखे रिकॉर्डों का विवरण लिखा है। पाँचवें नम्बर के बॉक्स में अमियकान्ति का रिकॉर्ड मिल गया। रण्टू के दादू ने उनमें से एक ले लिया। इसके बाद विश्वनाथ भट्टाचार्य को खूब धन्यवाद देकर वे घर की ओर रवाना हुए।

"कहाँ, रण्टू कहाँ है?" घर आकर अमियकान्ति ने आवाज लगाई।

रण्टू स्टडीरूम में पढ़ रहा था। दादू की बुलाहट सुनकर बाहर आया।

"ये देख—नाम अच्छी तरह से पढ़कर देख ले।"

रण्टू रिकॉर्ड हाथ में लेकर लेबल पर नाम देखकर बोला, "सचमुच! तो तुम जवानी में गाना गाते थे?"

"कैसा गाता था सुनकर देख।"

उसी कमरे में ग्रामोफोन था, रण्टू ने रिकॉर्ड चला दिया।

काफी सुरीली आवाज में गाए श्यामासंगीत से पूरा कमरा गुंजायमान हो उठा। रण्टू ने हैरानी से दादू की ओर देखा। दादू के होंठों के किनारे हास्य स्पष्ट नजर आ रहा था।

"क्यों? यकीन हो गया?"

रण्टू की हैरानी अभी दूर नहीं हुई थी; फिर भी उसने सिर हिलाकर हाँ कहा। इसके बाद माँ-बाप को यह खबर सुनाने के लिए दौड़ते हुए घर के अन्दर गया।

अगले दिन शाम को अमियकान्ति रिकॉर्ड वापस करने के लिए बागबाजार पहुँचे। भट्टाचार्य महाशय ने रिकॉर्ड लेकर एक विचित्र सवाल पूछा।

"आपने पेनेटी कब छोड़ा?"

"पेनेटी? वहाँ तो मैं कभी भी नहीं रहा।"

"तब इस रिकॉर्ड के अमियकान्ति आप नहीं हैं। ये पेनेटी के जमींदार घर के बेटे थे। श्यामासंगीत गाकर खूब नाम कमाया था।"

रण्टू के दादू के कलेजे में हूक-सी उठी।

घर आकर उन्होंने रण्टू को पूरी बात बता दी।

"कल जो रिकॉर्ड सुना, वह मेरा नहीं था; मेरे ही नाम के एक दूसरे गायक का था।"

रण्टू को बहुत आश्चर्य नहीं हुआ। वह बोला, "मैं जानता था तुम बनावटी बातें कर रहे हो। अगर तुम कभी गाना गाते थे तो आज भी गुनगुनाते।"

ये वाकया वहीं खत्म हो गया। अमियकान्ति जब रात में सोने जाते तो उनके मन के आकाश में यादों के छोटे-छोटे बादल छा जाते थे। आज भी

वही हुआ। वे निद्रा की गोद में समानेवाले ही थे कि बायस्कोप की फिल्म की तरह एक दृश्य उनकी आँखों के सामने घूम गया। शाम की ढलती धूप मे हेदो के किनारे खड़े होकर अपने मित्र मोहितलाल के साथ बातचीत कर रहे हैं। मोहित कह रहा है, 'सेनोला भी राजी नहीं हुआ।'

'तो अब कौन-सी कम्पनी बाकी है? हिज मास्टर्स वॉयस, ट्विन, कोलम्बिया, ओडियन—सबके साथ तो तू बातें कर चुका है?'

'हाँ। मैंने बताया था तुझे कि शास्त्रीय गाने का बाजार ठीक नहीं है। और बंगाली हिन्दू उस्ताद को तो कोई तवज्जो ही नहीं देता। तू अगर मुसलमान होता तो बात अलग होती। इसके अलावा एक और बात है!'

'क्या?'

'तेरे नाम के एक और गायक का रिकॉर्ड बाजार में बिक रहा है। वो श्यामासंगीत गाता है। अच्छी बिक्री है। एक नामधारी दो गायकों के रिकॉर्ड एक साथ बाजार में बेचना काफी मुश्किल है।'

'समझ गया।'

अमियकान्ति ने बाध्य होकर ये बात मान ली थी।

उनके गाने का रिकॉर्ड नहीं बन पाया था।

यादों के इस आईने को क्या वे रण्टू को दिखाएँगे?

काफी सोच-विचार के बाद अमियकान्ति ने तय किया कि पोते को कुछ नहीं बताएँगे। हो सकता है वह यकीन ही नहीं करता। असली बात यह है कि एक जमाने में वे शास्त्रीय संगीत गाते थे—वह अच्छा हो या बुरा।

अर्थात आज रण्टू गाना गा सकता है, इसकी एक वजह तो उसके दादू हैं। यह सोचकर ही अमियकान्ति का दिल खुशी से भर उठा।

शुकतारा; शारदीया, 1396 (अक्टूबर-नवम्बर 1990)

दो दोस्त

महिम ने बाएँ हाथ की कलाई घुमाकर घड़ी की ओर एक पल के लिए नजर उठाई। बारह बजने में सात मिनट बाकी हैं। क्वार्ट्ज घड़ी है—गलत समय नहीं बताएगी। उसे कुछ पलों से अपने दिल में एक स्पन्दन महसूस हो रहा है जो बहुत स्वाभाविक है। बीस साल! आज 7 अक्टूबर, 1989 है। और वह दिन था 7 अक्टूबर, 1969। पचीस साल में बच्चा पुरुष बन जाता है। उससे सिर्फ पाँच साल कम। लेकिन बात यह है कि महिम को तो याद है, क्या प्रतुल को भी याद होगा?

समय बिताने के लिए महिम की नजर इधर-उधर घूम रही थी। वह लाइट हाउस के बुकिंग काउंटर के सामनेवाली जगह पर खड़ा था, जिसे लॉबी कहते हैं। यहीं प्रतुल के आने की बात थी। महिम को सामने के दरवाजे से बाहर का रास्ता दिख रहा था। उस पार गली के मुहाने पर किताब की एक दुकान थी। उसके सामने भीड़ थी। रास्ते में अलग-अलग रंगों की चार अम्बेसडर खड़ी थीं। और एक रिक्शा। इस बार महिम की नजर दरवाजे पर गई। हाथ से उकेरा गया चालू हिन्दी फिल्म

का विज्ञापन दिखा। उसमें सबसे ज्यादा निगाह जा रही थी तनी हुई मूँछोंवाले विलेन किशोरी लाल पर, जिसकी वजह से फिल्म हिट हुई थी। हालाँकि महिम हिन्दी फिल्में नहीं देखता था। आजकल वीडियो की वजह से सिनेमा देखना घरेलू मामला हो गया है। और सिनेमाघरों की क्या हालत है? महिम ने अपने पिता से सुना है कि लाइटहाउस एक समय में कोलकाता का गौरव था। और आज? सोचते ही रोना आता है।

बुकिंग काउंटर के सामने आते-जाते लोगों को देखते-देखते महिम का मन निकल पड़ा अतीत के सफर पर।

तब महिम की उम्र पन्द्रह साल थी और प्रतुल की उससे एक साल ज्यादा। उस खास दिन की बात महिम को बखूबी याद है। स्कूल में टिफिन की छुट्टी हुई थी। दोनों दोस्त घाट के एक किनारे जमरूल के पेड़ के नीचे बैठकर आलू-काबली खा रहे थे। दोनों लँगोटिया यार थे। और दोनों ही थे अपने क्लास के सबसे बड़े दो बिच्छू। किसी भी मास्टर को वे तवज्जो नहीं देते थे। यहाँ तक कि गणित के मास्टर कराली बाबू—जिनके डर से पूरे स्कूल के विद्यार्थी काँपते रहते थे—की क्लास में भी इन दोनों की शैतानियों में कोई कमी नहीं आती थी। हालाँकि कराली बाबू जैसे मास्टर भला ये सब क्यों सहते? अकसर ऐसा होता था कि क्लास के सभी विद्यार्थी बैठे हैं। सिर्फ महिम और प्रतुल बेंच पर खड़े हैं। लेकिन उससे क्या फर्क पड़ता है?—अगली क्लास में फिर वही ढाक के तीन पात।

बहरहाल शैतान होने के बावजूद दोनों बुद्धिमान थे। फेल होने वाले विद्यार्थी नहीं थे वे। सालभर फाँकीबाजी के बावजूद परीक्षा में विद्यार्थियों के बीच महिम की स्थिति सन्तोषजनक होती थी, जबकि प्रतुल उससे थोड़ा पीछे रहता था।

प्रतुल के पिता रेलवे में मुलाजिम थे। उनका अकसर तबादला होता रहता था। 1969 में उन्हें धनबाद जाने का हुक्म मिला। प्रतुल को भी पिता के साथ जाना होगा, नतीजतन दोस्त के साथ उसका सम्पर्क टूट जाएगा। दोनों के बीच इसी मसले पर चर्चा चल रही थी।

"अब फिर कब मुलाकात होगी, कौन जाने?" प्रतुल बोला।

"कोलकाता से बोरिया-बिस्तर बँध जाने के बाद छुट्टी-वुट्टी में भी यहाँ आने का चांस बहुत कम है। बल्कि तू अगर धनबाद आएगा तो मुलाकात हो सकती है।"

"बताओ भला, धनबाद भी कोई जाने की जगह है"।? महिम ने कहा। "पिता जी तो छुट्टी मिलते ही पुरी जाएँगे या फिर दार्जिलिंग। आज तक यह नियम नहीं बदला।"

प्रतुल ने एक लम्बी साँस खींची। फिर कुछ देर तक घास की ओर देखने के बाद बोला, "तू बड़ा होकर क्या करेगा, कुछ तय किया है?'

महिम ने सिर हिलाया। "वह सब अभी क्यों सोचूँगा? बहुत समय है। पिता जी तो डॉक्टर हैं, लिहाजा मैं भी डॉक्टर बनूँ तो उन्हें खुशी होगी। लेकिन मेरी इच्छा नहीं है। तूने कुछ तय किया है?"

"नहीं।"

कुछ देर तक दोनों खामोश रहे। फिर प्रतुल ने ही इस चुप्पी को तोड़ते हुए कहा—"सुन, अगर हम लोग कुछ तय करें तो कैसा रहेगा?"

"बात क्या है?"

"हम लोग तो दोस्त हैं, उसी दोस्ती के इम्तिहान की बात कर रहा था।"

महिम ने भौंहें टेढ़ी करते हुए कहा, "इम्तिहान मतलब? क्या ऊटपटाँग बातें कर रहा है?"

"ऊटपटाँग नहीं है," प्रतुल बोला। "मैंने कहानी में पढ़ा है। ऐसा होता है।"

"क्या होता है?"

"बिछुड़ने के समय दोनों एक-दूसरे से वादा करते हैं कि एक साल के बाद अमुक दिन फलाँ जगह पर मिलेंगे।" महिम को मामला समझ में आ गया। थोड़ा सोचने के बाद बोला, "ठीक है, मुझे एतराज नहीं है। लेकिन बात यह है कि कितने दिन बाद मिलेंगे?"

"मान लो, बीस साल बाद। आज 7 अक्टूबर, 1969 है। हम लोग 7 अक्टूबर, 1989 को मिलेंगे।"

"कब?"

"अगर दोपहर बारह बजे मिलें तो?"

"ठीक है, लेकिन कहाँ?"

"ऐसी जगह होनी चाहिए जिसे हम दोनों बखूबी जानते हैं।"

"सिनेमा हॉल कैसा रहेगा? हम दोनों ने एक साथ इतनी फिल्में देखी हैं।"

"वेरी गुड। लाइटहाउस, जहाँ टिकट की बिक्री होती है, उसके सामने।"

"तो यही बात रही।"

दोनों ने वादा किया। इन बीस सालों में क्या-क्या होगा, नहीं मालूम लेकिन कुछ भी क्यों न हो, महिम और प्रतुल ने जिस साल जिस दिन जिस समय मिलना तय किया है उसी साल उसी दिन उसी समय मिलेंगे।

महिम को सन्देह हुआ था कि वह इस बात को इतने दिनों तक याद रख पाएगा कि नहीं; लेकिन आश्चर्य है—इन बीस वर्षों में वह एक दिन के लिए भी वादे को नहीं भूला। प्रतुल के चले जाने के बाद हो सकता है कि दोस्त के ग़म में ही—महिम के अन्दर बदलाव आया। वह अच्छाई की ओर बढ़ चला। क्लास में उसका आचरण बदल गया, परीक्षा का नतीजा भी। इस क्रम में वह क्लास के अच्छे बच्चों के दल में शामिल हो गया। कॉलेज में ही उसने लिखना शुरू कर दिया था—बांग्ला में कविता, कहानी और प्रबन्ध। धीरे-धीरे उसकी रचनाएँ पत्रिकाओं में छपनी शुरू हुईं। जब उसकी उम्र तेईस साल की थी—अर्थात 1977 में—उसने अपना पहला उपन्यास लिखा एक नामचीन प्रकाशक ने उसे छापा। आलोचकों ने उपन्यास की प्रशंसा की, उसकी अच्छी बिक्री भी हुई। यही नहीं, आखिरकार वह एक साहित्य पुरस्कार से भी नवाजा गया। आज साहित्यिक दुनिया में महिम की रफ्तार का कोई सानी नहीं है। सभी कहते हैं कि समकालीन उपन्यासकारों में महिम का स्थान सबसे ऊँचा है।

शुरुआत में कुछ चिट्ठियों के अलावा इन बीस सालों में महिम को प्रतुल की कोई खबर नहीं मिली। प्रतुल ने लिखा था कि धनबाद में हालाँकि नए दोस्त बने हैं लेकिन महिम की जगह कोई नहीं ले पाया। छह महीने में कुल चार पत्र—बस। उसके बाद बन्द। महिम को इससे हैरानी नहीं हुई क्योंकि इस तरह के मामलों में चिराग लेकर ढूँढ़ने पर भी प्रतुल के जैसा काहिल दूसरा नहीं

मिलेगा। चिट्ठी लिखना होगा?—अरे बाप रे! हालाँकि महिम को खत लिखने में कोई आपत्ति नहीं थीं। लेकिन यह मामला तो एकतरफा नहीं चल सकता।

बारह बजकर दो मिनट हो चुके थे। नहीं, इसमें कोई शक नहीं कि प्रतुल भूल गया है। और नहीं भूला है तो भी, क्या वह भारतवर्ष के किसी दूसरे शहर से भागता हुआ मुझसे मिलने का वायदा पूरा करने को कोलकाता आएगा? लेकिन यह भी सोचना होगा कि कोलकाता के ट्रैफिक का जो हाल है, उसमें शहर में होने और वादे की बात याद होने के बावजूद प्रतुल का घड़ी के काँटे के साथ यहाँ पहुँचना लगभग मुमकिन है।

महिम ने तय किया कि और दस मिनट इन्तजार करेगा उसके बाद घर लौट जाएगा। किस्मत अच्छी है कि आज रविवार है, नहीं तो लंच से एक घंटा पहले ही उसे ऑफिस से निकल जाना पड़ता! उपन्यास से अच्छी कमाई होने के बावजूद महिम ने व्यापार विभाग की अपनी नौकरी छोड़ी नहीं थी। लेकिन स्कूल के शरारत भरे दिनों की बातें वह भूल नहीं पाया है।

"सुन रहे हैं?"

महिम के यादों के सफर में ब्रेक लगा। उसने बगल में देखा तो सोलह-सत्रह साल का एक लड़का उसकी ओर टकटकी लगाए खड़ा है, उसके हाथ में एक लिफाफा है।

"क्या आपका नाम महिम चटर्जी है?"

"हाँ, क्या बात है?"

"यह चिट्ठी आप ही के लिए है।"

लड़के ने महिम को लिफाफा दिया। इसके बाद 'जवाब चाहिए' कहकर इन्तजार करने लगा।

महिम ने थोड़ा हैरान होकर चिट्ठी बाहर निकालकर पढ़ी। चिट्ठी कुछ इस तरह थी—

प्रिय महिम,

तुम अगर हम लोगों के वादे की बात भूल नहीं गए हो तो तुम्हें यह खत मिलेगा। कोलकाता में होने के बावजूद लाइटहाउस पहुँचना किसी भी तरह मेरे लिए मुमकिन नहीं हो पाया।

इसकी खबर देना और इसके लिए माफी माँगना इसका उद्देश्य है। लेकिन मैं तुम्हें भूला नहीं हूँ। हम लोगों के अप्वाइंटमेंट की बात भी याद है— उम्मीद करता हूँ कि यह सुनकर तुम खुश होओगे। इच्छा है, एक बार तुम्हारे घर जाकर तुमसे मुलाकात की जाए। तुम इस चिट्ठी के पीछे अपना पता और कब जाने पर तुमसे मुलाकात होगी, यह लिख दो, तो मुझे काफी खुशी होगी।

शुभेच्छा। इति

तुम्हारा दोस्त प्रतुल

महिम की जेब में कलम थी। उसने चिट्ठी के पीछे अपना पता और अगले रविवार की सुबह नौ बजे से बारह बजे तक का समय लिख दिया और चिट्ठी उस लड़के को वापस दे दी। लड़का दरवाजे से बाहर निकल गया।

महिम को अब यहाँ रुकने की जरूरत नहीं थी। इसलिए वह बाहर आकर हुमायूँ कार्ट में रखी अपनी नई-नवेली नीली अम्बेसडर की ओर बढ़ चला। प्रतुल भूला नहीं है, यही बड़ी बात है। लेकिन रविवार को और उस पर भी कोलकाता में होने के बावजूद प्रतुल लाइटहाउस क्यों नहीं आ सका, महिम को यह रहस्यमय लगा। महिम के पास उससे सम्पर्क कायम करने का कोई उपाय भी नहीं है क्योंकि चिट्ठी में कोई पता नहीं था। लड़के से पूछने पर हो सकता है कुछ जानकारी मिल जाती लेकिन महिम को तब इसका खयाल नहीं रहा। कॉपी का पन्ना फाड़कर चिट्ठी लिखी गई थी। तो क्या प्रतुल अब गुरबत में जी रहा है? वह अपनी हालत को दोस्त से छिपाना चाहता है? लेकिन उसने तो महिम के घर आने की इच्छा जताई है। आने के बाद ही सब खुलासा होगा।

घर लौटते ही पत्नी शुभ्रा ने पूछा, "क्या, दोस्त के साथ मुलाकात हुई?"

"ऊँ हूँ। लेकिन एक लड़के के हाथ एक चिट्ठी भिजवाई थी। उसने याद रखा है, यही बड़ी बात है। यह चीज सम्भव है, इस घटना के बिना मैं इस पर यकीन नहीं करता। जब वादा किया था, तब भी विश्वास नहीं था कि दोनों इसे याद रख पाएँगे।"

अगले रविवार को सवेरे लगभग दस बजे महिम बैठकखाने में बैठकर अखबार पढ़ रहा था। उसी समय दरवाजे की घंटी बज उठी। नौकर पशुपति

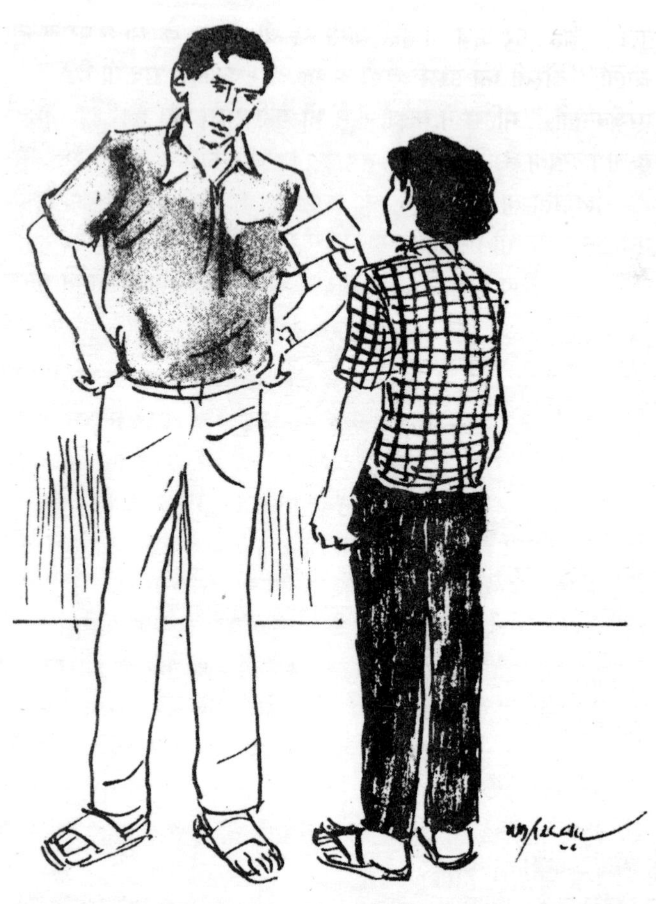

ने जाकर दरवाजा खोला। 'साहब हैं?' महिम के कान में आवाज आई। नौकर के हाँ कहते ही दरवाजे से एक सज्जन अन्दर दाखिल हुए। उनके चेहरे पर हँसी थी। दाहिना हाथ आगे बढ़ा हुआ। महिम ने भी अपना दाहिना हाथ बढ़ाकर उन सज्जन की हथेली को कसकर पकड़ लिया और हैरानी से हँसते हुए कहा, "क्या मामला है प्रतुल? देख रहा हूँ कि तेरा सिर्फ शरीर बढ़ा है, चेहरा बिलकुल भी नहीं बदला। बैठ, बैठ।"

प्रतुल के चेहरे पर अब भी हँसी जमी हुई थी, बगल के सोफे पर बैठते हुए वह बोला, "दोस्ती का इससे बड़ा सबूत और क्या हो सकता है?"

"एग्जैक्टली," महिम ने कहा, "मैं भी यही सोच रहा हूँ।"

"तू तो लिखता है, है न?"

"हाँ—लिखता तो हूँ।"

"एक पुरस्कार भी मिला। अखबार में पढ़ा।"

"लेकिन तेरा क्या हाल है? मेरे बारे में तो देख रहा हूँ तू काफी कुछ जानता है।"

प्रतुल ने थोड़ी देर तक महिम की ओर देखते हुए कहा, "मेरा भी काम चल रहा है।"

"कोलकाता में ही रहता है न?"

"हर समय नहीं। थोड़ा घूमना-फिरना भी पड़ता है।"

"ट्रैवलिंग सेल्समैन?"

प्रतुल मन्द-मन्द मुस्कराता रहा, कुछ बोला नहीं।

"लेकिन एक बात तो मालूम ही नहीं हुई," महिम बोला।

"क्या?"

"उस दिन तू बेटा आया क्यों नहीं? क्या वजह है? किसी गैर के हाथ चिट्ठी क्यों भिजवाई?"

"मुझे थोड़ी असुविधा थी।"

"क्या दिक्कत थी, खुलकर बता न बाप।"

ये बात अभी महिम के मुँह से निकली ही थी कि उसकी नजर खिड़की की ओर उठी। बाहर गोलमाल लग रहा था। बहुत से लड़के-बच्चे न जाने क्यों एक स्वर में शोरगुल कर रहे थे।

महिम थोड़ा परेशान हो उठा। उठकर खिड़की का पर्दा हटाकर बाहर देखने के बाद उसके गले से जो आवाज निकली उससे साफ था कि उसे यकीन नहीं हो रहा है, "क्या वह गाड़ी तेरी है?"

महिम को याद नहीं आया कि उसने कभी कोलकाता में इतनी बड़ी गाड़ी देखी है।

"और ये सब बच्चे हल्ला क्यों कर रहे हैं?" महिम ने दूसरा सवाल दागा।

इस बार अपने दोस्त की ओर मुड़कर देखा तो महिम का मुँह खुला का खुला रह गया।

प्रतुल नाक के नीचे एक कड़क मूँछ लगाकर उसकी ओर देखते हुए मन्द-मन्द मुस्करा रहा है।

"किशोरीलाल।" महिम लगभग चिल्ला उठा।

प्रतुल ने मूँछ को उतारकर जेब के हवाले करते हुए कहा, "अब तो समझ में आ रहा है न कि मैं लाइटहाउस क्यों नहीं आ पाया था? प्रसिद्धि की विडम्बना। सड़क पर निकलना मुश्किल है।"

"माई गॉड।"

प्रतुल खड़ा हो गया।

"ज्यादा तेर रुका तो भीड़ को सम्भालना मुश्किल हो जाएगा। मैं चलता हूँ। मेरी एक भी फिल्म तो नहीं देखी होगी?"

"वह तो नहीं देखी।"

"कम से कम एक तो देख लेना। लाइटहाउस के दो टिकट भिजवा दूँगा।"

प्रतुल बाहर के दरवाजे की ओर बढ़ा—महिम उसके पीछे-पीछे।

दरवाजा खुलते ही एक विराट हर्षध्वनि के साथ किशोरीलाल! किशोरीलाल! की चीख-पुकार मच गई। प्रतुल ने किसी तरह उस भीड़ के बीच से रास्ता किया और फौरन रवाना हो गया। महिम ने देखा प्रतुल उसकी ओर हाथ हिला रहा है। महिम का हाथ भी ऊपर उठ गया।

भीड़ से निकलकर एक लड़का महिम की ओर बढ़ा और आँखें फैलाकर बोला, "किशोरीलाल आपके दोस्त हैं।"

"हाँ भाई, मेरा दोस्त है।"

महिम समझ गया कि अब से इस मुहल्ले से उसका असली नाम मिट जाएगा और उसका नया नाम हो जाएगा—"किशोरीलाल का दोस्त।"

सन्देश; पौष, 1396 (दिसम्बर 1990-जनवरी 1991)

अक्षय बाबू की शिक्षा

अक्षय बाबू ने बेटे के हाथ से रचना वापस ले ली।

"क्यों रे—यह भी नहीं चलेगा?"

बेटे ने सिर हिलाकर समझा दिया—नहीं, बिलकुल नहीं चलेगा। यह अक्षय बाबू की पाँचवीं कहानी थी जिसे बेटे ने खारिज कर दिया था।

अक्षय बाबू के बेटे का नाम है अंजन। उम्र है उसकी चौदह साल। बहुत बुद्धिमान लड़का है, वह क्लास में फर्स्ट आता है, पढ़ाई के अलावा नाना प्रकार के विषयों में उसकी दिलचस्पी है। अक्षय बाबू खुद लेखक नहीं हैं; वह रिजर्व बैंक में एक मध्यपदस्थ कर्मचारी हैं। लेकिन बहुत दिनों से उन्हें बच्चों के लिए कहानी लिखने का शौक है। अंजन जब और छोटा था तब अक्षय बाबू ने उसे कई बनावटी कहानियाँ सुनाई थीं। तब बेटे को अच्छा लगता था लेकिन अब वह सयाना हो गया है, वह आसानी से खुश होनेवाला नहीं है।

"तो उसे 'फुलझड़ी' में प्रकाशित होने के लिए न भेजा जाए, यही कह रहा है न?"

"भेज सकते हो। सम्पादक को पसन्द आ गई तो

जरूर छापेंगे। लेकिन इस कहानी को तुम तीन-चार साल पहले मुझे सुना चुके हो। मेरे लिए इसमें नया कुछ भी नहीं है।"

"फिर भी भेजकर देखते हैं।"

"देख लो—लेकिन इससे पहले मैं उस रचना की कॉपी कर दूँगा। तुम्हारी हैंडराइटिंग तो पढ़ी नहीं जा सकती है।"

बच्चों के लिए फुलझड़ी मासिक पत्रिका को निकलते तकरीबन एक साल हो चुका है और इस बीच यह पत्रिका बच्चों के दिलो-दिमाग पर छा चुकी है। अक्षय बाबू ने सुना है कि इस पत्रिका की 75,000 कॉपियाँ छपती हैं, और सारी की सारी बिक जाती हैं। छापाखाने की मशीनें विदेश से मँगाई गई हैं। सम्पादक का नाम है सुनिर्मल सेन। सुनते हैं कि सारी रचनाएँ वे खुद पढ़ते हैं और जिनको चुन लेते हैं वे अव्वल दर्जे की होती हैं। बच्चों की पत्रिकाएँ तो सदा से रही हैं, और अभी भी हैं। तो फुलझड़ी में अपनी रचना छपवाने के लिए अक्षय बाबू इतने बेचैन क्यों हैं? इसकी वजह यह है कि अक्षय बाबू को यह पता चल गया है कि एक कहानी के लिए फुलझड़ी वाले पाँच सौ रुपये देते हैं। अक्षय बाबू की आमदनी तो सीमित है इसलिए अगर बीच-बीच में अतिरिक्त आय हो जाए तो इसमें बुरा क्या है?

अंजन ने पिता जी से कहानी वापस ले ली और साफ-सुथरी हैंडराइटिंग में कॉपी कर दी।

कहानी भेजने के एक महीने के अन्दर अक्षय बाबू को फुलझड़ी के ऑफिस से एक चिट्ठी मिली। चार लाइन की चिट्ठी थी, सम्पादक महोदय ने बड़े दु:ख के साथ सूचित किया था अक्षय बाबू को कि कहानी मंजूर नहीं हुई। कारण-वारण कुछ नहीं बताया गया था; नामंजूरी की स्टैंडर्ड चिट्ठी—जिसे अंग्रेजी में कहते हैं रिजेक्शन स्लिप।

अक्षय बाबू चिट्ठी लेकर बेटे के पास गए थे। अंजन कुछ देर पहले ही खेल के मैदान से लौटा था; पढ़ाई-लिखाई की तरह खेलकूद में भी उसका उत्साह देखते बनता था।

"तूने ठीक ही कहा था, अक्षय बाबू ने कहा, "फुलझड़ी ने मेरी कहानी मंजूर नहीं की।"

"अच्छा!"

"तो क्या मैं यह काम नहीं कर पाऊँगा?"

"कहानी क्यों नहीं ली, इसकी कोई वजह बताई है?"

"नथिंग। ये रही चिट्ठी।"

अंजन ने सरसरी निगाह से चिट्ठी पढ़ने के बाद कहा, "तुम सुनिर्मल बाबू से मुलाकात कर उनसे पूछ सकते हो। मुझे लगता है कि वे बहुत अच्छे इनसान हैं। मैंने फुलझड़ी को दो पत्र भेजे और उन्होंने दोनों ही छापे।"

बात सही थी। अंजन ने पहेलियों के सहज होते जाने का आरोप लगाते हुए पहली चिट्ठी लिखी थी। फुलझड़ी में चिट्ठियों के लिए अलग पन्ना होता है। वहीं अंजन की चिट्ठी प्रकाशित हुई और उसके बाद पहेलियों के स्तर में भी सुधार आया।

अंजन ने दूसरी चिट्ठी फुलझड़ी में छपी एक कहानी के सम्बन्ध में लिखी थी। अंजन के मुताबिक उस कहानी का एक विदेशी कहानी के साथ अद्‌भुत साम्य था। यह चिट्ठी भी छपी और साथ में कहानी-लेखक का पत्र भी प्रकाशित हुआ। उन्होंने स्वीकार किया कि उनकी कहानी एक विदेशी कहानी पर आधारित है और इस बात का उल्लेख नहीं करने के लिए उन्होंने क्षमा भी माँगी।

अक्षय बाबू ने बेटे की बात मानते हुए तय किया कि वे सीधे निर्मल बाबू से बात करेंगे।

शरत बोस रोड पर फुलझड़ी का ऑफिस है। पत्रिका से पता लेकर एक शनिवार को अक्षय बाबू सीधे सम्पादक के कमरे में हाजिर हुए। बच्चों की पत्रिका का दफ्तर भी इतना झमाझम हो सकता है, अक्षय बाबू ने यह सोचा ही नहीं था। सुनिर्मल सेन का चेहरा भी बिलकुल दफ्तर से मेल खाता हुआ था। तीस-पैंतीस साल की उम्र, गोरा रंग, चमकती हुई दो आँखें।

"बैठिए।" सुनिर्मल बाबू ने अपने सामने रखी नए फैशन की चेयर की ओर इशारा किया।

अक्षय बाबू बैठ गए।

"आपका परिचय—?"

अक्षय बाबू ने अपना नाम बताया और साथ ही यह भी बता दिया कि उन्होंने 'अपराध' नाम की एक लघुकथा फुलझड़ी को भेजी थी जो मंजूर नहीं हुई।

"हाँ, याद आ रहा है," सुनिर्मल बाबू ने कहा।

"लेकिन कहानी किस वजह से नामंजूर हुई, अगर ये बता दें तो भविष्य के लिए सुविधाजनक रहेगा।"

सुनिर्मल बाबू ने सामने झुकते हुए दोनों हाथों की कोहनी टेबल पर टिका कर कहा, "देखिए अक्षय बाबू, आपकी मुश्किल यह है कि आजकल के लड़के-लड़कियों के मन की थाह आप ले सकते हैं, इसका कोई लक्षण आपकी कहानी में नजर नहीं आया। मेरे पास पुरानी पत्रिकाओं का संग्रह है। उन पत्रिकाओं में जैसी कहानी छपती थी, आपकी कहानी भी कुछ वैसी ही है। आजकल के लड़के-लड़कियाँ काफी बुद्धिमान हैं, बहुत ज्यादा जानते हैं और काफी स्मार्ट हैं। मैं पाँच साल तक स्कूल में मास्टरी कर चुका हूँ; उस दौरान मैंने इन बच्चों का खूब अध्ययन किया है। अगर आप बच्चों के मन-माफिक कहानी लिख सकते हैं तो जरूर हमारी पत्रिका में छपेगी। मामूली कमी से कोई नुकसान नहीं है, उसे मैं सुधार सकता हूँ। सम्पादक के इस अधिकार के बारे में तो आप शायद जानते होंगे?"

"जानता हूँ," अक्षय बाबू ने सिर हिलाकर जवाब दिया।

इसके बाद कहने को कुछ शेष नहीं था, इसलिए अक्षय बाबू खड़े हो गए। घर लौटकर बेटे से पूछा, "तुझे फुलझड़ी में किसकी कहानी अच्छी लगती है रे।"

अंजन ने थोड़ा सोचने के बाद जवाब दिया, "दो लोग हैं—सैकत बनर्जी और पुलकेश दे।"

अक्षय बाबू ने बेटे की किताब की आलमारी से फुलझड़ी के कुछ अंक निकाले और उन्हें अपनी चारपाई की बगल वाली टेबल पर रख दिया। इसके बाद उन्होंने सात दिन तक रात में खाने के बाद इन दो लेखकों की कोई कहानियाँ पढ़ डालीं। इनकी कहानियों का मिजाज उनकी अपनी कहानियों से अलहदा था, इसमें तनिक भी सन्देह नहीं था। इनके विषय

अलग थे और भाषा भी।

अक्षय बाबू को समझ में आ गया कि उन्हें काफी पापड़ बेलने होंगे। सबसे पहले उन्हें अपने बेटे अंजन को और अच्छी तरह जानना होगा। अंजन को उन्होंने अपनी आँखों के सामने बड़े होते देखा है, उस पर गर्व भी है लेकिन क्या सचमुच में बेटे के मन के काफी करीब पहुँच पाए हैं? अक्षय बाबू ने कुछ मिनटों में ही समझ लिया कि न सिर्फ वे बेटे के करीब नहीं पहुँच पाए बल्कि इस दिशा में प्रयास ही नहीं किया। बेटा क्लास में फर्स्ट आता है, यह जानकर ही वे खुश हैं। बेटा क्या देखता है, क्या सुनता है, क्या पढ़ता है, क्या सोचता है—इस बारे में जानने की उन्होंने कभी कोशिश ही नहीं की।

छह महीने तक अक्षय बाबू ने कोई कहानी नहीं लिखी। इस बीच बेटे को अच्छी तरह पहचानकर वे अवाक् हो गए। अंजन आधुनिक विज्ञान सम्बन्धी किशोरों के लिए लिखी कई अंग्रेजी पुस्तकें खरीदकर पढ़ चुका है। कम्पीटिशन की एक-एक खबर उसके पास है, सौरजगत के ग्रहों के उपग्रहों के बारे में जो कुछ भी जानकारी है, उसे सब मालूम है। खेल के मामले में भी अंजन उतना ही उत्साही है। देश-विदेश के क्रिकेट, फुटबॉल, टेनिस, बैडमिंटन इत्यादि के खिलाड़ियों के नाम उसे जबानी याद हैं। अक्षय बाबू अखबार में खेल के पन्ने को नजर उठाकर भी नहीं देखते हैं।

अक्षय बाबू ने समझ लिया कि अपने बेटे के संसार से परिचित होने के लिए उन्हें काफी समय देना होगा। हालाँकि कहानी के प्लॉट के बारे में सोचना भी उन्होंने नहीं छोड़ा। क्योंकि फुलझड़ी में उनकी कहानी प्रकाशित हुई है—यह ख्वाब वे अब भी देखते थे। किसी कहानी का आइडिया दिमाग में आते ही वे बेटे को सुनाने बैठ जाते थे।

"कैसा है बताओ तो?"

"थोड़ा-थोड़ा इम्प्रूवमेंट हो रहा है," अंजन कहता।

अक्षय बाबू धीरे-धीरे अपने बेटे के मन से परिचित हो रहे थे, यह बीच-बीच में उनकी बातों से समझ में आ जाता था। मसलन, एक दिन उन्होंने रात को खाने के दौरान बेटे से पूछा, "बेकर, लेंडल, मैकेनरों—इन तीनों में कौन श्रेष्ठ है?"

"मैकेनरों," अंजन ने कहा, "इसके बाद बेकर और फिर लेंडल।"

एक दिन अक्षय बाबू ने पूछा, "फैक्स किसे कहते हैं जानते हो?"

"जानता हूँ।"

"क्या बताओ तो?"

"फैक्स की मदद से धरती के किसी भी जगह से किसी दूसरी जगह पर कागज पर कुछ लिखकर एक सेकेंड में भेजा जा सकता है।"

अक्षय बाबू समझ गए कि बेटे को वह कोई नई चीज नहीं बता पाएँगे। वह जो कुछ भी जानते हैं, बेटा उससे ज्यादा जानता है। हालाँकि इसमें सन्देह नहीं था कि अब वे बेटे को पहले के मुकाबले ज्यादा अच्छी तरह से जानते थे।

"तो क्या अब फिर कहानी लिखना शुरू किया जाए?"

उन्होंने बेटे से पूछा। अंजन बोला, "लिखो न। हालाँकि उसे प्रकाशित करना या न करना, इसके बारे में फैसला करेंगे सुनिर्मल बाबू। कहानी अच्छी हुई तो वे जरूर छापेंगे।"

"इस बार नहीं छापी तो शर्म से मर जाऊँगा।" अक्षय बाबू ने कहा। "कम से कम एक बार विषय-सूची में अपना नाम देखना चाहता हूँ।"

अंजन ने इस पर कोई राय जाहिर नहीं की।

लगभग सात दिन तक दिमाग खपाने के बाद अक्षय बाबू ने 'दुर्दान्त' नाम की एक कहानी लिख दी। उसके बाद उसे बेटे को पढ़ाकर पूछा, "कैसी है?"

अंजन ने कहा, "भेज दो। मैं कॉपी कर दूँगा।"

अगले दिन कहानी मिलते ही अक्षय बाबू फौरन फुलझड़ी के ऑफिस में खुद ही अपने हाथ से पहुँचा आए।

पन्द्रह दिन के बीच सुनिर्मल सेन की चिट्ठी आई। 'दुर्दान्त' को मनोनीत कर लिया गया है। अगले कार्तिक महीने के फुलझड़ी के अंक में छपेगी।

अक्षय बाबू ने गर्व के साथ बेटे को चिट्ठी दिखाई। अंजन ने कहा, "वेरी गुड।"

अभी भादों का महीना चल रहा था इसलिए और दो महीने इन्तजार करना था। इस बीच अक्षय बाबू दूसरी कहानियों के प्लॉट के बारे में सोचने में मशगूल रहे। अब कहानी लिखने का सूत्र उनके हाथ लग चुका था, इसलिए अब बेटे को सुनाने का कोई औचित्य नहीं था।

ये दो महीने अक्षय बाबू को दो साल की तरह लगे। आखिरकार, कार्तिक महीने में अंजन के नाम से एक लिफाफे में फुलझड़ी का नया अंक पहुँचा। बेटा उस समय मोहल्ले के खेल के मैदान में मशरूफ था। अक्षय बाबू अभी-अभी ऑफिस से लौटे थे। उनसे और रहा न गया तो लिफाफे से पत्रिका निकाल ली।

सबसे पहले विषय-सूची देखी। हाँ—'दुर्दान्त' तेरहवें पृष्ठ पर है।

उस पृष्ठ को खोलकर अक्षय बाबू ने देखा कि सबसे ऊपर फुलझड़ी

के आर्टिस्ट मुकुल गोस्वामी का काम नजर आया—कहानी का नाम, लेखक का नाम और कहानी की एक घटना से सम्बन्धित चित्र।

छपे हुए अक्षरों में अपनी रचना देखकर अक्षय बाबू को अद्‌भुत अनुभव हुआ। दस मिनट में कहानी पढ़ने के बाद उन्हें थोड़ी हैरानी हुई। उन्होंने जो लिखा था, उसका तीन-चौथाई ही उस कहानी में था, लेकिन जो एक-चौथाई नया हिस्सा जुड़ा था, वह बिलकुल अचूक था। उस हिस्से के जुड़ जाने से कहानी कई गुणा अच्छी हो गई थी। सुनिर्मल सेन की बहादुरी माननी होगी।

ये बात उन्हें बताए बिना नहीं रह सकते अक्षय बाबू।

पत्रिका को फिर लिफाफे के हवाले कर बेटे की टेबल पर रख दिया और एक टैक्सी लेकर अक्षय बाबू सीधे पहुँच गए फुलझड़ी के कार्यालय।

फिर वही सजा-धजा कमरा, वही नए फैशन की कुर्सी।

"अब तो खुश हैं?" सुनिर्मल सेन ने पूछा।

"वह तो हैं," अक्षय बाबू ने जवाब दिया। "लेकिन मैं आपको धन्यवाद देने के लिए आया हूँ। आपके पारंगत हाथों के स्पर्श से मेरी कहानी कितनी अच्छी हो गई है, ये बताना मुश्किल है।"

सुनिर्मल बाबू ने हैरानी से भौंहें सिकोड़ीं और अपने बगल के टाँड से एक फाइल निकालकर टेबल पर रखी। फिर उसमें से एक पांडुलिपि निकालकर अक्षय बाबू की ओर बढ़ा दी।

"इसमें मेरा स्पर्श कहाँ नजर आ रहा है, दिखाइए तो।"

अक्षय बाबू ने पांडुलिपि के एक-एक पन्ने को अच्छी तरह उलट-पुलटकर देख लिया। कहीं कोई काट-पीट नजर नहीं आ रही थी।

"वह आप ही के हाथों की लिखावट है न?" सुनिर्मल बाबू ने पूछा। "इसे आपने ही भेजा था न?"

"जी हाँ—इसे ही भेजा था। लेकिन हाथ की लिखावट मेरी नहीं है।"

"फिर किसकी है?"

अक्षय बाबू ने एक लम्बी साँस छोड़ी और झेंप के साथ हँसते हुए कहा, "मेरे बेटे की।"

शुकतारा; शारदीया, 1397 (अक्टूबर-नवम्बर 1991)

प्रसन्न सर

अर्धेन्दु सेनगुप्ता सात दिन की छुट्टी लेकर सिमुलतला आया है। हालाँकि उसकी उम्र मात्र पच्चीस साल है लेकिन वह एक इंजीनियरिंग कम्पनी में अच्छी नौकरी करता है। सुन्दर चेहरा, चलने-बोलने में कायदे से स्मार्ट। कुंवारे के रूप में यह उसकी आखिरी छुट्टी है क्योंकि वापस लौटने के दो महीने के अन्दर ही उसकी शादी होनी है। उसकी माँ ने खुद ही लड़की ढूँढ़ी है। अर्धेन्दु को काव्यचर्चा की सनक है, वह सिमुलतला में उसके लिए समय निकालना चाहता है? कोलकाता में काम के बोझ की वजह से यह सब सम्भव नहीं है।

दूसरे दिन ही शाम को स्टेशन के प्लेटफॉर्म पर टहलते-टहलते प्रसन्न सर से मुलाकात हो गई। अर्धेन्दु के स्कूल में प्रसन्न चक्रवर्ती अंग्रेजी पढ़ाते थे। उनकी याददाश्त के बारे में सभी को मालूम है, वे अपने पुराने छात्रों को कभी भूलते नहीं हैं—वे चाहे पढ़ने में अव्वल हों या फिसड्डी। अर्धेन्दु लगातार छह साल तक उनसे पढ़ा—जब वह कक्षा नौ में था तब अस्वस्थता की वजह से प्रसन्न सर ने नौकरी छोड़ दी थी। इस समय

भी उन्हें देखकर यही कहा जा सकता था कि स्वस्थ नहीं हैं। बारह साल बीत चुके हैं लेकिन इसके बावजूद प्रसन्न सर ने उसे देखते ही पहचान लिया।

"क्यों रे माकाल फल, सोचा भी न था कि तुझे यहाँ देखूँगा।" प्रसन्न सर बोले। वह सिर्फ पहचानते ही नहीं हैं; उन्हें यह भी याद है कि वे अर्धेन्दु को माकाल फल कहकर बुलाते थे। तब माकाल फल के नामकरण में सार्थकता थी। माकाल फल देखने में टहटह लाल होता है लेकिन बिलकुल अखाद्य। नवीं कक्षा तक अर्धेन्दु का सिर्फ चेहरा ही सुन्दर था, बाकी मामलों में उसकी गिनती साधारण विद्यार्थियों में होती थी। प्रसन्न सर छात्रों का उपयुक्त नामकरण करने में भी काबिल थे। सिर्फ अर्धेन्दु की कक्षा में ही रामगरुड़ का बच्चा, कुम्हड़ा पोटाश, ईद का चाँद—यह नाम राधिकारंजन का था क्योंकि वह बातों में स्कूल से गैरहाजिर रहता था, हवाई किले का बादशाह इत्यादि और कई। हकीकत तो यह थी कि प्रसन्न सर बहुत कम विद्यार्थियों को उनके असली नाम से पुकारते थे। हालाँकि छात्र भी पीठ पीछे उन्हें 'अप्रसन्न सर' कहकर ही बुलाते थे क्योंकि प्रसन्न चक्रवर्ती का मिजाज भी काफी कड़क था। हालाँकि यह स्वभाव हर समय धमक के साथ सामने न आकर व्यंग्योक्ति के रूप में दिखता था। तब उनकी जुबान की चुभन बड़ी खतरनाक होती थी।

अर्धेन्दु ने अपने पुराने मास्टर को प्रणाम किया।

"इन दिनों कुछ कर रहे हो, या सिर्फ बेवजह जूते घिस रहे हो?" प्रसन्न सर ने पूछा।

अर्धेन्दु ने कहा, "आप लोगों के आशीर्वाद से एक नौकरी कर रहा हूँ, वह भी कुछ खास नहीं है।"

प्रसन्न सर की धारणा कायम रहे इसी के मद्देनजर अर्धेन्दु ने जवाब दिया। माकाल फल को भला कहाँ से अच्छी नौकरी मिल सकती थी? दरअसल, प्रसन्न सर के स्कूल छोड़ने के बाद अर्धेन्दु में काफी बदलाव आया। हायर सेकेंडरी में उसके नतीजे काफी अच्छे रहे। कॉलेज में जाने के बाद भी केमिस्ट्री ऑनर्स के साथ उसने हाई सेकंड क्लास हासिल किया। यह खबर हालाँकि प्रसन्न सर के मतलब की नहीं थी क्योंकि उन्होंने कोलकाता

से दूर गाँव में जाकर वहाँ एक स्कूल में नौकरी की और वहीं से रिटायर हुए।

"खैर जो भी हो, एक ठिकाना तो मिल गया तुझे। स्कूल में तेरे हावभाव देखकर तो यही लगा था कि बायस्कोप में ऐक्टिंग करने के अलावा तेरा और कोई भविष्य नहीं है। जितने गब्दू होते हैं, सभी उसी राह जाते हैं।"

दिन में कम से कम दो बार बायस्कोप के खिलाफ कुछ-न-कुछ कहते थे प्रसन्न सर। कहते हैं कि अपनी जिन्दगी में उन्होंने सिर्फ दो फिल्में देखी थीं। उसी से उनकी साध मिट गई थी।

"आपका स्वास्थ्य कैसा है?" अर्धेन्दु ने पूछा।

"मामूली स्ट्रोक के बाद स्कूल छोड़ दिया था।" प्रसन्न सर बोले, "इसके बाद तरह-तरह की बीमारियों से जूझता रहा। अपने गाँव नैहट्टी चला गया था। वहीं एक स्कूल में नौकरी की। चार साल हुए वहाँ से रिटायर हुए। इस समय थोड़ी राहत है, सिर्फ साँस की तकलीफ है। इसीलिए सिमुलतला आया हूँ ताकि आराम से साँस ले सकूँ।"

"पुराने विद्यार्थियों से मुलाकात होती है?"

"तुमसे तो मुलाकात हो गई न। तुम्हारे अलावा कोई और यहाँ आया है क्या?"

"और तो किसी को देखा नहीं है। हालाँकि मैं हाल ही में आया हूँ।"

धूप खत्म हो रही थी। लिहाजा प्रसन्न सर ने हाथ में रखे छाते को बन्द करते हुए कहा, "फिर मिलते हैं माकाल फल। तू यहीं है तो निश्चित रूप से दोबारा मुलाकात होगी।"

प्रसन्न सर बगल में छाता दबाकर चल दिए।

अगले दिन सबेरे बाजार में अर्धेन्दु की किरण से मुलाकात हो गई—किरण विश्वास। अर्धेन्दु के साथ किरण एक ही स्कूल की एक ही क्लास में पढ़ता था। छोटी कक्षाओं में तो उसकी गिनती अच्छे छात्रों के रूप में होती थी। प्रसन्न सर उसे 'सनसाईन' कहकर बुलाते थे। उनका सबसे दुलारा छात्र था किरण। हालाँकि आगे चलकर किरण का इतिहास अर्धेन्दु के ठीक उलटी दिशा में चलने लगा। ऊँची कक्षाओं में गलत संगत में पड़कर वह भटक गया। हायर सेकेंडरी में एक बार फेल हुआ। किरण से इस नतीजे

की उम्मीद किसी को नहीं थी। हालाँकि प्रसन्न सर किरण के नैतिक पतन के बारे में नहीं जानते थे।

"क्या कर रहे हो आजकल?" अर्धेन्दु ने पूछा। "मैकफर्सन कम्पनी की नौकरी बची हुई है?"

किरण ने सिर हिलाया।

"मेरी किस्मत में नौकरी नहीं है।"

"अब भी रेस के मैदान में जाते हो?"

"वह तो एक बार पकड़ लो तो छोड़ा नहीं जाता है।"

"तो संसार कैसे चल रहा है?"

"तीन साल हुए पिता जी का देहावसान हुए। उसके बाद कुछ पैसे हाथ में आए हैं।"

"लेकिन वे कितने दिन चलेंगे? अच्छी खबर है, प्रसन्न सर भी यहीं हैं।"

"अच्छा?"

"कल स्टेशन पर मुलाकात हुई थी। तुम यहाँ हो, यह जानकर वे काफी खुश होंगे। मुझे अब भी माकाल फल कहकर बुलाते हैं।"

"इसका मतलब मुझे 'सनसाईन' कहकर पुकारेंगे।"

"वह तो है। उनकी याददाश्त के बारे में तो जानते ही हो। स्कूल की एक बात भी नहीं भूली है।"

"तुम कहाँ ठहरे हो?" किरण ने पूछा।

अर्धेन्दु ने अपने ठिकाने की स्थिति के बारे में समझा दिया—"एक दोस्त का घर है। इस समय सिर्फ एक नौकर और एक माली हैं।"

किरण चला गया।

शाम को चाय पीकर अर्धेन्दु बाहर निकलने की तैयारी कर ही रहा था कि घबराया हुआ किरण हाजिर हुआ।

"क्या मुसीबत है!"

"क्या हुआ?" अर्धेन्दु ने पूछा।

"प्रसन्न सर से मुलाकात हुई थी।"

"वह तो होना ही था—छोटी सी जगह है!"

"क्या बात हुई?"

"अब भी 'सनसाईन' नाम पकड़कर बैठे हैं। क्या कर रहे हो, यह पूछने पर ढेर सारा झूठ बोलना पड़ा। यह तो नहीं बता सकता था कि बेरोजगार बैठा हूँ और घोड़ों पर पैसा गँवा रहा हूँ।"

"क्या कहा?"

"बताया कि नौकरी कर रहा हूँ। तूने अपने ऑफिस की बात तो नहीं बताई न?"

"नाम नहीं बताया है। क्यों—तूने कुछ बताया है क्या?"

"दिमाग में कुछ नहीं सूझा। प्रसन्न सर ने तो मुझे घेर ही लिया। कहा कि वे स्कूल में ही समझ गए थे कि मैं जीवन में उन्नति करूँगा। तुम्हारी बात भी की उन्होंने। कहा, 'माकाल फल अब भी उसी तरह है। बताया कि एक नौकरी कर रहा है लेकिन उस नौकरी के बारे में मुझे सन्देह है।'"

अर्धेन्दु के होंठों पर हँसी फूट पड़ी।

"यहीं पर बात खत्म नहीं हुई," किरण के कहा, "और भी मामले हैं।"

"क्या बात है?"

"उनका एक बेटा भी है। उम्र बाईस साल। उनका छोटा बेटा है। बी.कॉम पास कर चुका है लेकिन नौकरी नहीं मिल पाई है। सारी कोशिशों के बावजूद जुगाड़ नहीं हो रहा है। प्रसन्न सर ने कहा, अगर उसके लिए कुछ कर पाऊँ तो बेहतर।"

"तुमने क्या कहा?"

"मैंने कहा, कोशिश करूँगा। और क्या कहता, बता!"

"ठीक है। प्रसन्न सर की धारणा को बनाए रखना होगा, अन्यथा उन्हें काफी दु:ख होगा। जो भी हो, एक तो अभाव में जी रहे हैं और उस पर से तबीयत खराब। इसमें कोई सन्देह नहीं कि वे बहुत अच्छा पढ़ाते थे। उनसे बहुत कुछ सीखने का मौका मिला।"

"तो क्या किया जा सकता है?"

"उनके बेटे के लिए एक नौकरी का जुगाड़ करना होगा। उनका बेटा पढ़ने-लिखने में कैसा है?"

"बताया कि ठीक है लेकिन पैरवी के बिना कुछ नहीं हो रहा है।"

"फिर एक काम कर। उससे मिलकर बता कि तेरे ऑफिस में जाकर मुलाकात करे। मैं कोशिश करके देखता हूँ, उसके लिए कुछ किया जा सकता है या नहीं।"

"यही बात है न? तू ठीक कह रहा है न?"

"बिलकुल ठीक। उनके बेटे के लिए कुछ करना हो तो सनसाईन ही करेगा। माकाल फल तो कुछ नहीं कर सकता।"

"खैर, तूने मुझे बचा लिया।"

"लेकिन एक बात मत भूलना।"

"क्या?"

"प्रसन्न सर ने एक जमाने में तेरा क्या नामकरण किया था और आजकल तेरी क्या हालत हो गई है!"

किरण का सिर झुक गया। उसने कहा, "पिता जी ने मरने से पहले ठीक यही बात कही थी।"

"तो फिर?"

"तेरी बात याद रखूँगा।"

"ठीक है तो?"

"ठीक। बादा रहा। ऐसी बात नहीं है कि किरण विश्वास का वजूद ही खत्म हो गया है।"

अगले दिन शाम को स्टेशन के प्लेटफॉर्म पर प्रसन्न सर से फिर मुलाकात हुई। उन्होंने कहा, "सनसाईन यही है, जानता है?"

"जानता हूँ, कल मुलाकात हुई थी।"

"वह लड़का बिलकुल भी नहीं बदला। कहा कि मेरे लड़के के लिए एक नौकरी का जुगाड़ कर देगा। तुझे ये बात नहीं बताई क्योंकि मालूम था कि तुझसे कुछ नहीं होगा।"

"आपने सही आदमी को पकड़ा है सर। और आपके नामकरण का भी कोई जवाब नहीं है।"

शुकतारा; वैशाख, 1398 (अप्रैल-मई 1992)

जोड़ी

"**आज** मैं एक फिल्मस्टार की कहानी सुनाने जा रहा हूँ," चाय की चुस्की लेते हुए तारिणी चाचा बोले।

"वे कौन हैं? उनका नाम क्या है?" हम लोग समवेत स्वर में चिल्ला पड़े।

"उनका नाम तुम लोगों ने नहीं सुना है", तारिणी चाचा ने कहा। "वे जब रिटायर हुए तब तुम लोग अभी पैदा ही हुए थे।"

"फिर भी आप नाम तो बताइए ना," खुर्दबीन बन्दा नेपाल बोला। "आजकल टेलीविजन पर पुराने फिल्मस्टारों की फिल्में हम लोग देखते हैं।"

"उनका नाम था रतनलाल रक्षित।"

"जानता हूँ, जानता हूँ," विद्वान की तरह नेपाल बोल उठा। "लगभग तीन महीने पहले टीवी पर 'जय-पराजय' नाम की एक फिल्म दिखाई गई थी, उसमें हीरो के पिता का रोल किया था रतन रक्षित ने।"

"ये तो अच्छा हुआ," तारिणी चाचा ने कहा। "उनको फिल्मों के देखे रहने से कहानी और जमेगी।"

"क्या ये भी भूत की कहानी है?" नेपाल ने पूछा।

"नहीं, भूत नहीं। हालाँकि भूत का मतलब सिर्फ प्रेतात्मा नहीं होता है, भूत के और माने भी हैं। एक अर्थ हुआ अतीत, अर्थात जो हो चुका है। भविष्य का उलटा। इस मायने में इसे भूत की कह सकते हो।"

"ठीक है, तो शुरू किया जाए।"

तकिया को गोद में खींचकर तारिणी चाचा ने अपनी कहानी शुरू की—

रतन रक्षित 1970 में रिटायर हुए 70 साल की उम्र में। अचानक तबीयत इतनी ज्यादा खराब हुई कि डॉक्टरों ने कम्प्लीट बेड रेस्ट का नुस्खा बता दिया। इससे पहले लगातार पैंतालीस साल तक रक्षित महाशय अभिनय करते रहे। इसका मतलब साइलेंट युग से फिल्मों में अभिनय से उन्होंने अकूत धन कमाया था और उस पैसे का कैसे सदुपयोग किया जाता है, यह भी जानते थे। कोलकाता में उनके तीन मकान थे। खुद एमहर्स्ट स्ट्रीट में रहते थे, बाकी दोनों मकान किराये पर चढ़ा दिए थे।

इसी रतन रक्षित ने अखबार में विज्ञापन दिया कि उन्हें एक सेक्रेटरी चाहिए। मैं तब कोलकाता में ही था, तब मेरी उम्र पचास के करीब होगी। पूरी जिन्दगी इधर-उधर की खाक छानकर तरह-तरह के काम-धन्धे में किस्मत आजमाने के बाद सोच ही रहा था कि अब घर का लड़का घर लौट आया है तो यहीं सेटल किया जाए, ऐसे में उस विज्ञापन पर नजर पड़ी। मैंने फौरन अप्लाई कर दिया। रतन रक्षित के नाम से तो पर्याप्त परिचय था, उनकी फिल्में भी खुद देखी थीं। इसके अलावा मेरा सिनेमा के प्रति एक स्वाभाविक आकर्षण है, यह भी तुम लोग जानते हो।

सात दिन के भीतर ही मेरी अर्जी का जवाब भी आ गया। मुझे इंटरव्यू के लिए बुलाया गया था।

मैं जाकर रक्षित महाशय के घर हाजिर हो गया।

मुझे मालूम था कि उन सज्जन की तबीयत खराब है लेकिन चेहरा देखकर ये जानने का कोई उपाय नहीं था। काफी चुस्त त्वचा, झकझक सफेद दाँत भी ओरिजनल ही लग रहे थे।

पहले ही मुझसे पूछा कि मैंने उनकी फिल्में देखी हैं कि नहीं। मैंने कहा, बाद की फिल्में तो देखी ही हैं, शुरू की कुछ साइलेंट फिल्मों का भी

आनन्द लिया है जब रक्षित महाशय कॉमिक फिल्में करते थे।

देखा कि जवाब सुनकर वे सज्जन खुश हुए। उन्होंने कहा, "मैं पिछले कुछ साल से अपनी साइलेंट फिल्मों का संग्रह कर रहा हूँ। मेरे इस घर में एक अलग कमरा है जहाँ इन फिल्मों को देखने के लिए प्रोजेक्टर लगवाया है एवं उस प्रोजेक्टर को चलाने के लिए एक आदमी भी रखा है। साइलेंट फिल्में आजकल प्राय: नहीं मिलती हैं। जानते हैं न, फिल्म के गोदाम में दो बार आगजनी की घटना होने की वजह से बांग्ला की प्राय: सारी साइलेंट फिल्में जलकर खाक हो गईं, नतीजतन, अब वे सभी फिल्में दुर्लभ हैं। लेकिन मैंने हिम्मत नहीं हारी है। मैंने अखबारों में इश्तिहार दिए। इससे पता चला कि मेरी साइलेंट फिल्में भी मीरचन्दानी नाम के मेरे एक प्रोड्यूसर के गोदाम में सहेजकर रखी हैं। इसकी और कोई वजह नहीं है, दरअसल मीरचन्दानी मेरे सिर्फ प्रोड्यूसर नहीं थे, बल्कि मेरे 'फैन' भी थे। करीब चार साल पहले मीरचन्दानी चल बसे; उनके बेटे को बोलकर मैंने वे फिल्में खरीद लीं। इस तरह अखबारों में बार-बार विज्ञापन देकर मैंने अपना संग्रह तैयार किया। बीमारी की वजह से मुझे भले ही फिल्मों से रिटायर होना पड़ा है लेकिन फिल्मी दुनिया से खुद को दूर रखना नामुमकिन है। कसम से, इन्हीं पुरानी फिल्मों को देखकर मेरी शामें गुजर जाती हैं। आपका काम होगा मेरी इस फिल्म-लाइब्रेरी की देखभाल करना, फिल्मों का एक कैटलॉग बनाना और मेरे संग्रह में जो फिल्में नहीं हैं उन्हें ढूँढ़कर बाहर निकालना। कर पाएँगे न?"

मैंने कहा, प्रयास में कोई कमी नहीं होगी। जो फिल्में हैं, उनका कैटलॉग बनाकर उन्हें सँभालना मुश्किल काम नहीं है; जो फिल्में नहीं हैं, उन्हें खोजना निश्चित ही आसान काम नहीं है। रक्षित बोले, "मैं सिर्फ साइलेंट फिल्मों की ही बात नहीं कर रहा हूँ बल्कि शुरू की कुछ टॉकी फिल्में भी मेरे संग्रह में नहीं हैं। मुझे लगता है कि धरमतला मुहल्ले में प्रायोजक-परिवेशकों के ऑफिस की खाक छानने से वे फिल्में निश्चित रूप से मिल जाएँगी। मोटी-सी बात है कि मेरे संग्रह में कोई कमी नहीं होनी चाहिए। इन्हीं फिल्मों को देखकर मैं बुढ़ापे में आमोद-प्रमोद करूँगा।"

नौकरी मिल गई। अद्‌भुत आदमी। पन्द्रह साल हुए उनकी पत्नी को

गुजरे हुए। दो बेटे हैं, दोनों ही दक्षिण कोलकाता में रहते हैं। एक लड़की इलाहाबाद में रहती है। उसके पति वहाँ डॉक्टर हैं। नाती-पोते बीच-बीच में आते हैं दादा को देखने; बच्चे भी नहीं आते हैं, ऐसा नहीं है लेकिन कहा जा सकता है कि फैमिली से उस तरह का सम्पर्क नहीं है। घर में दो नौकर हैं, एक खाना बनाने के लिए और एक खास बेयरा, नाम है लक्ष्मीकान्त। लक्ष्मीकान्त बंगाली हैं, उम्र साठ साल से ऊपर और काफी विनम्र। ऐसा बेयरा मिलना किस्मत की बात है।

इसी लक्ष्मीकान्त की मदद से मैंने करीब दस दिन में रक्षित महाशय के संग्रह का एक कैटलॉग तैयार कर दिया। इसके अलावा उन्होंने टॉकी युग के शुरुआती दिनों की जिन फिल्मों में काम किया था, धरमतल्ल में घूम-फिरकर उनमें से कई का अता-पता भी जुगाड़ कर दिया। रक्षित महाशय ने अनेक फिल्मों के एक-एक प्रिंट खरीदकर अपनी लाइब्रेरी में रख दिए।

मेरी नौकरी दस बजे से पाँच बजे तक की थी, किन्तु बीच-बीच में शामें भी रक्षित महाशय के साथ गुजरती थीं। साढ़े छह बजे वे फिल्म देखने बैठते थे; और उठते थे साढ़े आठ बजे। प्रोजेक्शनिस्ट का नाम था आशु बाबू, उम्र पचास-पचपन, काम करते कभी थकते नहीं थे। दर्शक होते थे सिर्फ तीन लोग—रक्षित महाशय, बेयरा लक्ष्मीकान्त और मैं। बेयरा को रुकना पड़ता था क्योंकि बाबू साहब लगातार हुक्का पीते थे, उस हुक्के को बार-बार बदलना पड़ता था। लेकिन लक्ष्मीकान्त फिल्मों का भी मजा लेता है, यह मैं अँधेरे में भी उसके चेहरे पर पढ़ सकता था।

सबसे ज्यादा मजा तब आता जब साइलेंट युग की फिल्में दिखाई जातीं। पहले ही बता चुका हूँ कि रतन रक्षित उस समय हास्य फिल्में करते थे। इन सब फिल्मों के बीच कई ऐसी थीं जिन्हें कहते हैं शॉर्ट फिल्म। दो रील की फिल्म, बीस मिनट की। इन फिल्मों में लॉरेल-हार्डी की तरह एक जोड़ी के कारनामे दिखाए जाते थे। फिल्म में उनका नाम था बिशू और शिबू। बिशू का बाना धरते थे रतन रक्षित और शिबू का रोल करते थे शरत कुंडू नाम के एक अभिनेता। दो कॉमेडी कलाकारों की हुल्लड़बाजी देखते-देखते कब बीस मिनट बीत जाते थे, पता ही नहीं चलता। कभी वे

कारोबारी, कभी जुआरी, कभी सर्कस के क्लाउन, कभी जमींदार और चापलूस—इसी तरह की और क्या? मुझे याद है, कुंडू-रक्षित की ये जोड़ी तब काफी पॉपुलर हुई थी। बड़ी फिल्मों से पहले बीस मिनट की ये शॉर्ट फिल्में दिखाई जाती थीं।

इन फिल्मों के चलते समय देखने की चीज होती थी रक्षित महाशय के हावभाव। अपनी भाँडगीरी देखकर वे हँसते-हँसते लोटपोट हो जाते। कोई कॉमिक अभिनेता खुद का अभिनय देखकर इतना हँस सकता है, यह यकीन करना मुश्किल है। उनकी देखा-देखी हालाँकि मुझे भी हँसना पड़ता था। रक्षित महाशय कहते थे, "जानते हो तारिणी, जब इन फिल्मों में काम किया, तब इन्हें देखकर इतनी हँसी नहीं आई बल्कि निर्लज्ज भाँडगीरी देखकर विरक्ति होती थी। लेकिन इतने दिनों बाद देख रहा हूँ इसके अन्दर एक निर्मल हास्यरस है जो आज की फिल्मों की तुलना में बहुत अच्छा है।"

एक सवाल कुछ दिन से दिमाग को मथ रहा था, एक दिन रक्षित महाशय से वह पूछ बैठा। मैंने कहा, "एक मामले में मुझे कुतूहल हो रहा है; आप तो बिशू का बाना धरते थे, लेकिन शिबू का रोल करनेवाले शरत कुंडू का क्या हुआ? उनके साथ आपका कोई सम्पर्क नहीं है?"

रक्षित महाशय ने सिर हिलाते हुए कहा, "जहाँ तक मुझे मालूम है, शरत कुंडू ने साइलेंट युग के बाद फिर फिल्मों में काम नहीं किया। जब हम साथ काम करते थे तब हमारे बीच पर्याप्त स्नेह था। सोच-सोचकर दोनों भाँडगीरी के नए-नए कारनामे खोजते। जो डाइरेक्टर थे वे सिर्फ नाम के वास्ते। फिल्म का माल-मसाला हम लोग ही जुगाड़ करते थे। इसके बाद एक दिन अखबार में देखा, हॉलीवुड की फिल्मों में आवाज जुड़ रही है, अभिनेता-अभिनेत्री अब जो बोलेंगे, दर्शक उसे सुन सकेंगे। यह वर्ष 1928 या 29 की बात है। जो भी हो, हॉलीवुड में टॉकी आ गई। हम लोगों के यहाँ तक पहुँचने में और तीन-चार साल लगे। वे अफरा-तफरी के दिन थे। सिनेमा का चेहरा पूरी तरह बदल गया। उसके साथ अभिनय का तरीका भी। मुझे एक युग से दूसरे में जाने में कोई असुविधा नहीं हुई। गले के सुर अच्छे

थे, इसलिए टॉकी मेरा कुछ नहीं बिगाड़ पाई। तब मेरी उम्र तीस-बत्तीस साल थी। बांग्ला फिल्मों में सुरीले हीरो की दरकार थी। उस हीरो की भूमिका में मैं अनायास ही फिट हो गया। बीस मिनट का नायक। लेकिन उसी समय से शरत कुंडू न जाने कहाँ खो गया। जहाँ तक याद है, उसके बारे में एक-दो लोगों से पूछा भी था, लेकिन कोई सही जवाब नहीं दे सका। कौन जाने उस आदमी की अकाल मृत्यु हो गई हो।"

यदि यह सही है तो तलाश करने के कोई मायने नहीं हैं। लेकिन मेरे मन में एक खटका रह गया। तय किया कि शरत कुंडू की खोजबीन जारी रखनी होगी। सच बताऊँ तो बीस मिनट की फिल्में देखकर एक चीज समझ में आ रही थी कि कॉमिक अभिनेता के रूप में रतन रक्षित से किसी मामले में कम नहीं थे शरत कुंडू।

टॉलीगंज मुहल्ले में घूम-फिरकर पता लगा कि नरेश सान्याल नाम के एक सज्जन बांग्ला फिल्मों के आदि युग पर रिसर्च कर रहे हैं। एक प्रामाणिक किताब लिखने की इच्छा है। उन सज्जन के ठिकाने का भी जुगाड़ हो गया। इसके बाद एक रविवार को सवेरे उनके घर जाकर हाजिर हो गया। उन्होंने बताया कि हाँ, शरत कुंडू के बारे में उन्हें कुछ तथ्य मालूम हैं। करीब पाँच साल पहले एक बार काफी खोजने के बाद उनके घर पहुँचकर सान्याल महाशय ने शरत कुंडू का एक साक्षात्कार लिया था।

"वह घर कहाँ है?" मैंने पूछा।

"गोयाबागान की एक बस्ती में," सान्याल महाशय बोले। "उनकी हालत तब काफी खराब थी।"

मैंने पूछा, "आप साइलेंट युग के अभिनेताओं का साक्षात्कार कर रहे हैं क्या?"

"बहुत तो जिन्दा ही नहीं हैं," सान्याल महाशय ने कहा। "जो कुछ हैं उनका लेने की कोशिश कर रहा हूँ।"

मैंने रतन रक्षित की बात बता दी और कह दिया कि मैं उनके साक्षात्कार का इन्तजाम कर सकता हूँ। उन सज्जन ने इसपर काफी उत्साह दिखाया।

इसके बाद मैं बुनियादी सवाल पर लौट गया। "टॉकी आने के बाद

क्या शरत कुंडू ने फिर फिल्मों में अभिनय नहीं किया?"

"जी नहीं," नरेश सान्याल बोले। "उन सज्जन को वॉयस टेस्ट में ही छाँट दिया गया। उसके बाद उन्होंने क्या किया इस बारे में खुलकर कुछ नहीं बताया। ऐसा लगा कि खूब स्ट्रगल किया है, इसलिए अपने बारे में ज्यादा बात नहीं करना चाहते। हालाँकि साइलेंट युग के बारे में उनसे काफी जानकारी मिली है।"

इसके बाद टॉलीगंज मुहल्ले के और कई पुराने कर्मियों के साथ बातचीत से मालूम हुआ कि टॉकी आने के कई साल बाद तक भी शरत कुंडू सिनेमा पाड़ा में नियमित आते-जाते रहे। उस समय उनकी हालत काफी खराब थी। टॉलीगंज की ही मायापुरी स्टूडियो के मैनेजर धीरेश चन्द्र से पता चला कि शरत कुंडू शायद बीच-बीच में 'एक्सट्रा' की भूमिका करके पाँच-दस रुपये कमा लेते थे। इन सब रोल में अभिनेता भीड़ का हिस्सा बन जाते हैं; उसे बात करने की जरूरत नहीं पड़ती है।

इस मायापुरी स्टूडियो में ही द्वारिक चक्रवर्ती नाम के एक बूढ़े प्रोडक्शन मैनेजर ने मुझे बताया, "बेनटिंग स्ट्रीट के नटराज केबिन में जाकर पता कीजिए। कई साल पहले तक वहाँ मैंने शरत कुंडू को देखा है।"

शरत कुंडू को अँधेरे से खींचकर बाहर निकालने के लिए नटराज केबिन में भी जाकर हाजिर हुआ। इस बीच—ये बताना भूल गया—गोयाबागान बस्ती में जाकर पता चला कि शरत कुंडू अब वहाँ नहीं रहते। ये भी बताना जरूरी है कि मेरे उत्साह के साथ कदमताल मिलाकर चल रहे थे रक्षित महाशय। उन दोनों के बीच कितना सौहार्द था, रक्षित महाशय को अब याद आ रहा था। जवानी की यादें और दोनों तब काफी मशहूर थे। और दोनों लोग असली फिल्म के बारे में सोचते ही नहीं थे, फिल्म से पहले बिशू-शिबू के दो रील के कारनामे ही उनके लिए असल चीज थी। उस जोड़ी में एक है और एक गायब। ऐसे कैसे चलेगा?

नटराज केबिन के मालिक पुलिन दत्त से पूछने पर उन्होंने बताया,

"शरतदा तीन साल पहले तक तो यहाँ रेगुलरली आते थे। उसके बाद फिर नहीं आए।"

"वे क्या कोई काम-वाम करते थे?"

"यह बात उनसे कई बार पूछी," पुलिन दत्त बोले, "लेकिन कभी कोई सीधा जवाब नहीं मिला। सिर्फ यही कहते थे, पेट के लिए ऐसा कोई काम नहीं है जो मैंने नहीं किया।' लेकिन अभिनय छोड़ दिया था, इतना मैं जानता हूँ, और इसके साथ ही फिल्में देखनी भी बन्द कर दी थीं। टॉकी ही उनका काल बनी थी, इस बात को वे शायद भूल नहीं पाए।"

इसके बाद करीब एक महीने तक और कई जगहों की खाक छानने के बावजूद शरत कुंडू का पता नहीं चला। वह आदमी जैसे हवा में मिल गया था। यह बात रक्षित महाशय को बताई तो वे सचमुच में मर्माहत हुए। उन्होंने कहा, "ऐसे एक गुणी अभिनेता, टॉकी ने आकर उनकी मिट्टी पलीद कर दी और समय के साथ वे लोगों के मन से भी मिट गए। अब उन्हें कौन पहचाने? वे तो जिन्दा होकर भी मृत समान हैं।"

शरत कुंडू के मामले में अब कुछ करने को नहीं है, इसलिए मैं काम की बात पर आ गया। उनसे एक सवाल पूछना था। मैं बोला, "आपको एक साक्षात्कार देने में कोई एतराज तो नहीं है?"

"किसे चाहिए साक्षात्कार?"

मैंने नरेश सान्याल की बात बता दी। उन्होंने उसी दिन सवेरे फोन किया था, अगले दिन आना चाहते हैं।

"ठीक है, सवेरे दस बजे आ जाएँ। लेकिन ज्यादा समय नहीं लगना चाहिए।"

नरेश सान्याल ने फोन नम्बर दिया था, मैंने उन्हें खबर दे दी।

उस दिन शाम को प्रोजेक्शन रूम में रह गया बिशू-शिबू के कारनामे देखने के लिए। बिशू-शिबू की कुल बयालीस फिल्में बनी थीं। उनमें से सैंतीस का पहले ही जुगाड़ हो गया था, बाकी पाँच मेरी कोशिशों से मिल गईं। आज इन्हीं पाँच नई फिल्मों को देखते-देखते फिर महसूस हुआ कि

शरत कुंडू सचमुच में काफी जोरदार कॉमेडी अभिनेता थे। रक्षित महाशय को एक-दो बार च्च-च्च करते सुना, इससे समझा कि वे शरत कुंडू के गायब होने पर दु:ख जता रहे हैं।

दूसरे दिन सुबह मेरे आने के दस मिनट के भीतर ही नरेश सान्याल भी आ पहुँचे। रक्षित महाशय तो तैयार ही थे; बोले, "पहले चाय पी जाए, फिर इंटरव्यू होगा।" सान्याल महाशय ने कोई आपत्ति नहीं की।

सुबह दस बजे रोज रक्षित महाशय चाय पीते और मैं भी उनका साथ देता। इसी मौके पर हम लोगों को जो कुछ भी विचार करना होता था, करते थे, उसके बाद मैं अपने काम में जुट जाता था और वे आराम करने चले जाते थे। कैटलॉगिंग के बाद मैं जो काम कर रहा था वह था बिशू-शिबू की हर फिल्म का सारांश तैयार करना और उसमें किसने अभिनय किया है, परिचालक कौन हैं, कैमरामैन कौन हैं—इन सबकी एक तालिका तैयार करना। इसे कहते हैं फिल्मोग्राफी।

खैर, आज मेहमान आए हैं, इसलिए देखता हूँ कि चाय के साथ कचौड़ी भी है। ट्रे सहित चाय टेबल पर रखते ही सान्याल महाशय अचानक बातचीत के बीच में रास्ता भूलकर चुप हो गए। उनकी नजर नौकर पर थी। नौकर स्वयं खास बेयरा लक्ष्मीकान्त।

मेरी नजर भी लक्ष्मीकान्त की ओर चली गई और उसके साथ ही रक्षित महाशय की भी। यही नाक, यही ठुड्डी, यही चौड़ा ललाट, आँखों की यही चाहत—इसे कहाँ देखा है? इतने दिन तक तो इसके चेहरे की ओर ठीक से देखा ही नहीं। क्यों देखता? बेवजह कोई बेयरा को क्यों देखेगा?

लगभग तीनों के मुँह से एक साथ निकला एक नाम—'शरत कुंडू!'

हाँ, कोई शक नहीं, शरत कुंडू ही अब अपने एक समय के फिल्म की जोड़ी रतन रक्षित के खास बेयरा हैं।

"क्या मामला है शरत?" इस बार चिल्ला उठे रतन रक्षित। "तुम मेरे घर में—?"

शरत कुंडू के मुँह से बोल फूटने में समय लगा।

"और क्या करता," आखिर माथे से पसीना पोंछते हुए वे जनाब

बोले, ये तो इन्होंने पहचान लिया तो तुमलोगों को पता चला; इतने दिन तक तो नहीं जान पाए! और चालीस साल बाद देखकर भला कैसे पहचानोगे!—एक दिन मीरचन्दानी के यहाँ नौकरी की तलाश में पहुँचा तो मालूम हुआ कि तुम आकर हम लोगों के पुराने दिनों की फिल्मों के कई प्रिंट अपने संग्रह के लिए खरीद कर ले गए हो। सोचा तुम्हारे पास आकर निश्चित रूप से उन फिल्मों को दोबारा देख पाऊँगा। ऐसे तो देखने का सुअवसर नहीं मिलता, वे फिल्में अब भी बची हुई हैं मैं यही नहीं जानता था। सो, बेयरा की नौकरी के लिए तुम्हारे पास आ गया। तुमने मुझे पहचाना भी नही और नौकरी भी मिल गई। कुलीगीरी की है, बेयरा की नौकरी तो उसके आगे स्वर्ग है। और यहाँ अच्छा भी लग रहा था। उस युग की फिल्मों में बिना बोले अभिनय किया, इसमें तो बुराई की कोई बात नहीं है। हालाँकि अब तो उन फिल्मों को देखने का अवसर शायद बन्द हो गया।"

"क्यों, बन्द क्यों होगा?"

रक्षित महाशय कुर्सी छोड़कर खड़े हो गए। तुम अब से मेरे मैनेजर हो! तारिणी के साथ एक कमरे में तुम बैठोगे; मेरे ही यहाँ रहोगे, शाम को एक साथ बैठकर फिल्म देखेंगे हम लोग। बदकिस्मती से पुराने जमाने की जो जोड़ी टूट गई थी, अब फिर जुड़ गई। क्या कहते हो तारिणी?"

मैं नरेश सान्याल की ओर देख रहा था। उसके जैसा हतप्रभ भाव मैंने बहुत दिनों से किसी के चेहरे पर नहीं देखा था। तब उसके लिए मूक युग की इस मशहूर जोड़ी का पुनर्मिलन एक बड़ी खबरिया दाँव है, इसमें कोई शक था क्या?

आनन्द; वार्षिकी, 1392 (1985)

महाराज तारिणी चाचा

"**आज** आपकी भौंहें क्यों तनी हुई हैं चाचा?" नेपाल ने पूछा। हालाँकि मैंने भी इसे देखा था। चाचा तख्तपोश पर बच्चों की तरह बैठकर दाहिने हाथ को पैर के तलवे के नीचे रखकर धीरे-धीरे हिल रहे थे। उनके ललाट पर सलवटें नजर आ रही थीं।

चाचा बोले, "बादलों से भरी इस शाम में जब तक गरम चाय अन्दर नहीं जाती, भौंहें तो तनी ही रहेंगी।"

चाचा के आते ही चाय का ऑर्डर दिया जा चुका था। हालाँकि बहुत देर नहीं हुई थी फिर भी मैंने नौकर का नाम लेकर एक बार और आवाज लगाई।

"आपकी कहानी तैयार है?" नेपाल ने पूछा। सचमुच उसके साहस का अन्त नहीं है।

"मैं कहानी बनाता नहीं हूँ," चाचा ने दाँत पीसते हुए जवाब दिया। "मेरे अनुभव का भंडार विपुल है। उसके खत्म होते-होते तुम लोगों की मूँछ-दाढ़ी निकल आएगी।"

चाय आ गई। चाचा ने जोर से एक चुस्की लेकर कहा, "एक दिन के सुल्तान की कहानी शायद तुम

लोगों ने सुनी है। यह हुमायूँ के युग में घटित हुआ था। उसी तरह मुझे भी एक देसी रजवाड़े में पाँच दिन के लिए महाराज का चोला पहनना पड़ा था। वह कहानी तुम लोगों को सुनाई है क्या?"

हम लोगों ने समवेत स्वर में 'ना' कहा।

"आपको सिंहासन पर बैठना पड़ा था?" नेपाल ने पूछा।

"जी नहीं," चाचा ने कहा। "उन्नीस सौ चौंसठ की घटना है। तब राजा सिंहासन पर नहीं बैठते थे, भारत को आजाद हुए कई साल बीत चुके थे। लेकिन तब भी राजा गुलाब सिंह की काफी खातिर-तवज्जो होती थी। राज्य के सभी लोग उन्हें महाराज कहकर सम्बोधित करते थे। खैर, कहानी सुनाता हूँ, सुनो।"

चाचा ने चाय की एक और चुस्की लेकर अपनी कहानी शुरू की—

मैं उस समय बैंगलोर में था। मद्रास में दो साल तक एक होटल में मैनेजरी करने के बाद फिर आवारगी कर रहा था। उसी दौरान अखबार में छपे एक विज्ञापन पर नजर पड़ी। अद्‌भुत विज्ञापन था, ठीक वैसा ही विज्ञापन कभी नजर आया हो, याद नहीं है। विज्ञापन के ठीक ऊपर एक आदमी की तसवीर। उसके नीचे मोटे अक्षरों में लिखा था, '10,000 रुपये का पुरस्कार!' उसके नीचे छोटे अक्षरों में लिखा था कि यदि तसवीर के चेहरे से मेल खाता हुआ कोई व्यक्ति है तो अपनी तसवीर के साथ निम्नलिखित ठिकाने पर सम्पर्क करे। जिसका चेहरा मेल खाएगा, उसे इंटरव्यू में बुलाया जाएगा। पता लिखा था—भार्गव राव, दीवान, मन्दोर स्टेट, मैसूर। मन्दोर नाम की एक रियासत है, यह तो फौरन याद आ गया लेकिन विज्ञापन में छपी तसवीर किसकी है, यह समझ में नहीं आया। खैर, उसे समझने ही जरूरत की क्या थी। इतना तो समझ में आ गया कि इस चेहरे के साथ मेरे चेहरे का गजब का मेल है। अगर मैं अपनी दाढ़ी थोड़ी छँटवा लूँ तो दोनों चेहरों में फर्क करना मुश्किल होगा।

दाढ़ी छँटवाई और विक्टोरिया फोटो स्टोर्स जाकर पासपोर्ट साइज की दो फोटो खिंचवाई और अप्लाई कर दिया। दस हजार रुपये के लालच को रोक पाना क्या आसान था?

सात दिन से पहले ही जवाब आ गया। इंटरव्यू का बुलावा आया है।

आने-जाने का खर्च विज्ञापनदाता देंगे, रहने-खाने की जिम्मेदारी भी उन्हीं की है, फौरन मन्दोर रवाना होने को कहा गया था। चिट्ठी में यह हिदायत भी लिखी थी कि मैं साथ में दस दिन के लिए कपड़े-लत्ते लेकर आऊँ।

अगले दिन ही एक टेलीग्राम भेजकर रवाना हो गया। हुबली के बाद दो स्टेशन आगे ही मन्दोर है, स्टेशन पर मुझे लेने के लिए किसी के आने की बात कही गई थी। रास्ता लम्बा था, यही सोचते-सोचते कट गया कि इस विज्ञापन का क्या मतलब हो सकता है। विज्ञापन में जिन सज्जन की तसवीर दी गई थी, वे सम्भ्रान्त खानदान के हैं, इसमें शक की गुंजाइश नहीं थी। लेकिन उनके चेहरे जैसे एक और चेहरे की जरूरत क्यों आन पड़ी, यह बात मेरी समझ में नहीं आई।

मन्दोर स्टेशन पर सूटकेस लेकर उतरा और इधर-उधर नजर दौड़ाई तो देखा कि लगभग साठ साल के एक सज्जन मेरी ओर चले आ रहे हैं। 'यू आर मिस्टर बनर्जी?' उन सज्जन ने अपना दाहिना हाथ मेरी ओर बढ़ाते हुए पूछा। यह बताने की जरूरत नहीं है कि मुझे देखकर वे काफी हैरान थे।

मैंने कहा, "हाँ, मैं ही मिस्टर बनर्जी हूँ।"

"मेरा नाम भार्गव राव है," उन सज्जन ने कहा, "मैं मन्दोर का दीवान हूँ। यह हमारी खुशकिस्मती है कि आपके जैसा एक उम्मीदवार मिला।"

"किसका उम्मीदवार?"

"पहले गाड़ी में बैठिए। रास्ते में सारी बातें होंगी। हमें इस समय राजमहल जाना होगा। यहाँ से सात किलोमीटर है। उम्मीद है रास्ते में आपके सारे सवालों के जवाब दे सकूँगा।"

मैं पुराने मॉडल की एक बड़ी आर्मस्ट्रिंग सिडनी गाड़ी में बैठा। दीवान साहब भी पीछेवाली सीट पर मेरे साथ बैठे। खिड़की से देखा तो दूर पहाड़ों की कतार नजर आई—काफी मनोरम दृश्य था।

गाड़ी के रवाना होते ही दीवान साहब ने रहस्य की परतों को खोलना शुरू किया।

"मिस्टर बनर्जी, हमारे यहाँ अचानक एक हादसे के कारण गम्भीर परिस्थिति पैदा हो गई है। हमारे राजा गुलाब सिंह अचानक दिमागी बीमारी से

ग्रस्त हो गए हैं। अस्पताल में इलाज चल रहा है, मैसूर से बड़े डॉक्टर आए हैं लेकिन ऐसा नहीं लगता है कि उनके जल्दी ठीक होने की कोई सम्भावना है। हालाँकि और तीन दिन के बीच महाराज से मिलने एक अति सम्मानित मेहमान आ रहे हैं—करोड़पति मिस्टर ऑस्कर होरेनस्टाइन। उन्हें पुरानी चीजें इकट्ठा करने का शौक है और इसके लिए वे लाखों डॉलर खर्च कर चुके हैं। हमारे राजा के संग्रह में भी कई पुरानी वस्तुएँ हैं। उनकी इच्छा थी होरेनस्टाइन को ऐसी ही कुछ चीजें बेचने की। इसकी एक वजह तो यह है कि कुछ समय से हमारे खजाने में धन का टोटा पड़ गया है। हमारे अहाते में छोटे-बड़े कुल छह प्रासाद हैं, राजा इनमें से एक को होटल में तब्दील करना चाहते हैं। मन्दोर में देखनेवाली चीजों की कमी नहीं है। झील है, पहाड़ है, जंगल में बाघ, हाथी और हरिण हैं; इसके अलावा यहाँ की आबोहवा काफी सेहतमन्द हैं। अगर ठीक से विज्ञापन दिया जाए तो होटल-व्यवसाय मार नहीं खाएगा। लेकिन इससे पहले इन होरेनस्टाइन से कुछ नकदी मिलने की उम्मीद थी। इसीलिए हम लोगों ने उन्हें आने से मना नहीं किया। उन्हें राजा की अस्वस्थता के बारे में भी नहीं बताया गया है। समझ ही रहे हैं—"

मैं तो समझ ही गया था। मैंने कहा, "इसका मतलब अखबार में राजा की तसवीर छपी थी और मुझे कुछ दिन के लिए राजा का रूप धारण करना होगा।"

"सिर्फ कुछ दिनों के लिए, जब तक होरेनस्टाइन है तब तक।"

"होरेनस्टाइन के साथ राजा की मुलाकात कहाँ हुई थी?"

"अमेरिका के मिनियापोलिस शहर में। मार्च महीने में राजा वहाँ घूमने गए थे। राजा के एकमात्र बेटे महीपाल वहाँ डॉक्टर हैं। मिनियापोलिस प्रवास के दौरान एक पार्टी में राजा की मुलाकात होरेनस्टाइन के साथ हुई। वहीं राजा ने उन्हें आमंत्रित किया। होरेनस्टाइन को शिकार का भी शौक है, लिहाजा एक दिन शिकार का भी बन्दोबस्त करना होगा। आप गोली चला सकते हैं?"

मैंने कहा, "बिलकुल, हालाँकि लगभग दस-बारह साल हो गए शिकार खेलना छोड़ दिया।"

"यह शिकार हाथी की पीठ पर बैठकर होगा, इसलिए अपेक्षाकृत निरापद है।"

"आप राजा के संग्रह के बारे में बता रहे थे, उसमें किस प्रकार की चीजें रखी हैं?"

"ज्यादातर तो अस्त्रशस्त्र रखे हैं। चाकू, ढाल, तलवार, पिस्तौल—ये तो प्रचुर मात्रा में हैं। इनके अलावा प्रसाधन से जुड़ी वस्तुएँ इत्रदान, हुक्का, तसवीरें और फूलदानी जैसी चीजें हैं। मुझे लगता है कि आपको ज्यादा परेशानी नहीं होगी क्योंकि सुना है अंग्रेज साहब ने खुद भी खरीदने में दिलचस्पी दिखाई है। उनके आने की खबर सुनकर राजा साहब ने मूल्य की एक तालिका बनवा रखी है, वो भी आपके सुपुर्द कर दूँगा।"

दीवान जी के साथ बातचीत के बाद सारा मामला समझ में आ गया। मुझे पाँच दिन के लिए सुल्तान का बाना पहनना होगा। उसके बाद फिर वही रुटीन जिन्दगी। हालाँकि मेहनताने की बात भूल जाने से काम नहीं चलेगा। उस समय के दस हजार रुपये का मूल्य आजकल के मुकाबले पाँच गुना ज्यादा था।

राजमहल के भारी-भरकम फाटक से होकर जब गाड़ी अन्दर जा रही थी तब मेरा दिल धक-धक कर रहा था लेकिन वास्तव में मैं बिलकुल ही नर्वस नहीं हुआ। गाड़ी में दीवान साहब ने मेरी ओर तीन बार देखकर कहा, "मैंने तो सपने में भी नहीं सोचा था कि हमारे विज्ञापन के जवाब में हमें राजा का हमशक्ल मिल जाएगा। मैंने तो तय कर लिया था कि हमारे अतिथि को बता देना होगा कि वे न आएँ। अब देखता हूँ कि साँप भी मर गया और लाठी भी नहीं टूटी।"

साहब बुधवार को आएँगे। आज रविवार है। इन तीन दिनों तक मेरा काम है—राजा की डायरी पढ़ना और टेप रिकॉर्डर में राजा की आवाज सुनना। अंग्रेजी में दो-तीन भाषण भी टेप हैं। दीवान साहब ने ये सब चीजें हमारे हवाले कर दीं और साथ में चमड़े की जिल्दसाजी वाली दस साल पुरानी डायरी। डायरी को उलट-पलटकर देख लिया।

अंग्रेजी में लिखी थी और काफी चुस्त भाषा का इस्तेमाल किया गया

था। उसमें छोटी-मोटी खबरें हैं। राजा जब सोकर उठते हैं, क्या कसरत करते हैं, क्या खाना पसन्द करते हैं, क्या पहनना अच्छा लगता है, संगीत में राजा की रुचि नहीं है—डायरी से यह सब पता चला।

राजा की पत्नी तीन साल पहले स्वर्ग सिधार चुकी थी। इससे राजा तात्कालिक रूप से टूट गए थे—मृत्यु के पन्द्रह दिन बाद तक डायरी के पन्ने खाली थे—इस तरह की खबरें भी मेरे खूब काम आईं।

तीन दिन बाद मैंने दीवान से कहा कि मैं एकदम तैयार हूँ। इसके अलावा एक और बात जो मैं दो दिन से सोच रहा था कि अब कहूँगा कि तब, वह आज कह रहा हूँ।

"दीवान जी, व्यवस्था तो सब ठीक है, लेकिन इस राजशय्या पर सोना मेरे लिए मुमकिन नहीं है। इतने नरम बिस्तर पर सोने की आदत नहीं है। इस पर सोने से नींद खराब होगी।"

"फिर आप रहेंगे कहाँ?" दीवान जी ने पूछा।

मैंने कहा, "क्यों, यहाँ तो छोटे-बड़े कई प्रासाद हैं—लाल कोठी, पीली कोठी, सफेद कोठी—इनमें से किसी एक में नहीं रहा जा सकता क्या?"

"क्यों नहीं रह सकते हैं," दीवान ने चिन्तित स्वर में कहा, "एक तरह से लाल कोठी में रहने की अच्छी सुविधा है। एक चमत्कारी बेडरूम है, जिसमें महाराज के पिता कभी-कभी रहते थे। शत्रुघ्न सिंह ज्यादा दिनों तक एक घर में रहना पसन्द नहीं करते थे। उनके लिए तरह-तरह के छोटे-छोटे आवास बनाए गए थे।"

"ठीक है, उसी लाल कोठी में रहूँगा।"

"रहेंगे?"

"क्यों, क्या असुविधा है?"

"एक बात है।"

"क्या मामला है?"

"लगभग पचास साल की उम्र में शत्रुघ्न सिंह का दिमागी सन्तुलन बिगड़ गया था; उन्होंने अपने सिर में रिवॉल्वर से गोली मारकर आत्महत्या कर ली और यह हादसा उस लाल कोठी में ही हुआ था।"

"तो क्या उनकी आत्मा उस घर में रहती है?"

"यह तो नहीं जानता। उनकी मृत्यु के बाद उस घर में कोई रहने नहीं गया।"

"तो मैं उसी घर में रहूँगा। इस अनुभव का सुअवसर हाथ से जाने नहीं दूँगा। मैंने कई भूत देखे हैं, लिहाजा मुझे भूतों से डर नहीं लगता। और ध्यान रहे बिस्तर ज्यादा नरम नहीं होना चाहिए।"

दीवान राजी हो गए। हालाँकि हैरान भी कम नहीं हुए। किसी बंगाली का कलेजा इतना मजबूत हो सकता है, यह तो उन्होंने सोचा ही न था।

उसी दिन शाम को साहब आ गए। उम्र होगी यही कोई पचास साल। मुझसे भी तीनेक इंच लम्बे। चेहरे का सारा मांस जैसे थुथन पर आकर जमा हो गया हो, नीली आँखों पर सुनहरा चश्मा, सिर पर कच्चे-पक्के बाल जिन्हें बीच से माँग निकालकर बैकक्रश किया गया था। हालाँकि साहब के आने के तुरन्त बाद मैं उनसे मिलने नहीं गया। दीवान जी ने कहा, "वे पहले सफेद कोठी में अपने आवास में चले जाएँ, उसके बाद थोड़ा वक्त बीत जाने पर उन्हें आपके पास लेकर आऊँगा, नहीं तो प्रेस्टीज नहीं रहती। लेकिन हाँ, एक बात बता देता हूँ—लगता है साहब थोड़े गुस्सैल स्वभाव के हैं। स्टेशन से लौटते समय गाड़ी का टायर पंक्चर हो गया था; उससे काफी नाराज थे।"

मैंने मन ही मन तय कर लिया था कि साहब ने गुस्सा दिखाया तो भी मैं ठंडे दिमाग से काम लूँगा। मुझसे मुलाकात हुई तो क्रोध और रसिकता की चाशनी घोलते हुए साहब बोले, "वेल, महाराज—व्हाट काइंड ऑफ ए वेलकम इज दिस? बीच रास्ते में मुझे पन्द्रह मिनट खड़े रहना पड़ा!"

मैंने पूरी विनम्रता से माफी माँगते हुए कहा कि अब कोई गलती नहीं होगी इसकी गारंटी देता हूँ। साहब कुर्सी पर बैठे, उनके लिए शर्बत आया, उसे पीकर जैसे दिमाग ठंडा हुआ। मैंने कहा, "तुम यहाँ क्या-क्या करना चाहते हो मुझे बताओ। हालाँकि मुझे पहले से काफी कुछ मालूम है और उसके अनुसार व्यवस्था भी कर दी है लेकिन मैं तुम्हारे मुँह से सुनना चाहता हूँ।"

साहब ने कहा, "मुझे शिकार करने का शौक है, मैं बाघ का शिकार करना चाहता हूँ—इसका इन्तजाम किया है?"

मैंने सिर हिलाकर बता दिया कि व्यवस्था कर दी है।

"और मैं तुम्हारे संग्रह से कुछ चीजें खरीदना चाहता हूँ अपने संग्रह के लिए। खासकर अगले साल हमारी शादी की पचीसवीं वर्षगाँठ है। अपनी पत्नी के लिए एक बढ़िया उपहार मैं ले जाना चाहता हूँ। उम्मीद करता हूँ उस तरह की कोई चीज तुम्हारे संग्रह में जरूर होगी।"

"वह तुम देखने के बाद ही समझ जाओगे। डेढ़ सौ साल पुराने मेरे संग्रह में अच्छी चीज़ों की कमी नहीं है।"

दोपहर में खाने के बाद साहब को संग्रहालय ले जाया गया। मैंने भी हालाँकि उन चीजों को पहली बार देखा। देखकर आँखें ठंडी हो गईं। इतनी बेशकीमती चीजें हाथ से निकल जाएँगी ये सोचकर बुरा लग रहा था। मैंने देखा, होरेनस्टाइन समझदार आदमी है। उसने तुरत-फुरत खरीदी जा सकनेवाली चीजें अलग करनी शुरू कीं। इस तरह कुल मिलाकर लगभग दस लाख रुपये की चीजें निकालीं। लेकिन इसके बावजूद उसकी भौंहें सीधी नहीं हुईं। मामला क्या है? आखिरकार उसने बताया, "सब ठीक है, लेकिन कैथलिन के लायक कुछ नहीं मिला। कोई बढ़िया डायमंड ब्रोच जैसा कुछ तुम्हारे पास नहीं है? मेरी पत्नी पत्थरों को लेकर पागल है। उसके लिए एक बढ़िया पत्थर अगर मिल जाता!"

मैंने सिर झुकाकर अफसोस जताया। "वेरी सॉरी, मिस्टर होरेनस्टाइन, अगर पत्थर होता तो तुम्हें जरूर देता।"

दिन में साहब को राजा की बड़ी-सी लैगंडा कार में बैठाकर शहर की सैर कराई गई। शाम को दोनों ने बैठकर शतरंज का आनन्द उठाया। मैं समझ रहा था कि पत्नी के लिए माफिक उपहार नहीं मिलने के कारण साहब का मन अब भी भारी है और यही वजह है कि गलत चालें चल रहे हैं। लेकिन उनके मिजाज को ध्यान में रखते हुए मैंने और ज्यादा गलत चालें चलीं और उन्हें जीतने दिया।

रात को नौ बजे छप्पन प्रकार के व्यंजनों का भोग लगाकर काफी

और ब्रांडी की चुस्कियाँ लेने के बाद साहब सफेद कोठी में सोने चले गए। राजा शराब नहीं पीते, मैं भी नहीं—इस मामले में दोनों के बीच अच्छा मेल हुआ। मैं सिर्फ काफी और एक हवाना चुरूट पीकर उठ गया। दीवान जी खुद मुझे साथ लेकर लाल कोठी तक छोड़ आए। मैंने पूछा, "राजा साहब कैसे हैं आज?" दीवान ने सिर हिलाकर अफसोसनाक लहजे में कहा, "उसी तरह। अनाप-शनाप बक रहे हैं, अस्पताल की नर्सों को खूब परेशान कर रहे हैं। डॉक्टर भी उनके पास डर-डर कर जा रहे हैं।"

लाल कोठी में जाकर देखा कि यहाँ खटिया-बिछौना, तोषक-तकिया यानी सब कुछ मेरे मन मुताबिक था। दीवान जी जाते समय कह गए, "आपकी हिम्मत का जवाब नहीं। इस घर में राजा शत्रुघ्न सिंह के मारे जाने के बाद पहली बार कोई इनसान रहने जा रहा है।" मैंने कहा, "बिलकुल बेफिक्र रहिएगा। मैं हर हाल में खुद को सम्भाल सकता हूँ।"

चारपाई के बगल में एक लैम्प रखा था; उसे जलाकर कुछ देर तक मन्दोर के इतिहास के बारे में एक किताब पढ़कर लगभग साढ़े ग्यारह बजे बत्ती बुझा दी। पश्चिम की तरफ एक बड़ी खिड़की थी, जिससे एक साथ चाँद की रोशनी और मन्द-मन्द हवा आ रही थी, आँखों में नींद आने में बहुत ज्यादा समय नहीं लगा।

जब नींद खुली तो चाँद नीचे उतर आने के कारण पूरा घर मद्धिम रोशनी से नहा उठा था। आँखें खोलकर देखा तो समझ गया कि मैं घर में अकेला नहीं हूँ। हालाँकि दरवाजा बन्द है लेकिन खिड़की के बगल में एक आदमी सीधे हमारी ओर नजर किए खड़ा है। मेरी ही तरह लम्बा और मेरे ही जैसा चेहरा, केवल दाढ़ी मुझसे थोड़ी ज्यादा घनी। चाँद की रोशनी में हालाँकि साफ नजर नहीं आ रहा था इसके बावजूद इतना तो समझ गया कि उस आदमी ने गहरे रंग की विलायती पोशाक पहन रखी है।

मैं कुहनी के बल थोड़ा उठकर बैठ गया। दिल के अन्दर हल्का कम्पन महसूस कर रहा था, लेकिन उसे मैं भय मानने को राजी नहीं था। खूब समझ रहा था कि जो दाखिल हुए हैं वे जिन्दा आदमी नहीं, प्रेतात्मा हैं। और इसमें कोई सन्देह नहीं कि वे मौजूदा राजा के पिता शत्रुघ्न सिंह

की प्रेतात्मा हैं। इन्होंने ही इस घर में रिवॉल्वर से सिर में गोली मारकर आत्महत्या की थी। 'आई हैव कम टू टेल यू समथिंग' प्रेतात्मा ने गम्भीर आवाज में कहा। बाकी बातचीत भी अंग्रेजी में ही हुई, मैं उसका तर्जुमा सुना रहा हूँ।

मैंने पूछा, "क्या बताने आए हैं?"

"आज से तीस साल पहले मैंने वियना में एक नीलामी में एक बेशकीमती पत्थर खरीदा था। वह रत्न पन्ना था। उसका नाम था डोरियन एमरपल्ड। ऐसा पन्ना आमतौर पर दिखता नहीं है।"

"वह पन्ना क्या हुआ?"

"अब भी है। मेरे बेटे की अलमारी के दराज में एक मखमली बक्से में रखा है। हो सके तो उसे बेच दो। जब खरीदार मिल गया है तो इस मौके को हाथ से मत जाने दो।"

"ऐसी बात क्यों कह रहे हैं?"

"वह पत्थर शैतान पत्थर है। जब खरीदा था यह नहीं जानता था। उसके पहले मालिक थे लक्समबर्ग के काउंट डोरियन। उन्होंने अपने किले की छत से कूदकर खुदकुशी की थी। उनके शरीर की एक भी हड्डी साबुत नहीं बची थी। उसके बाद यह पन्ना उन्नीस लोगों के हाथों में रहा। सभी उन्नीस लोगों ने आत्महत्या की। यह सब जानते हुए भी मैंने उस पन्ना को बेचा नहीं क्योंकि मुझे यकीन नहीं हुआ कि ऐसे आश्चर्यजनक सुन्दर पत्थर के साथ इतनी ट्रेजेडी जुड़ी हो सकती है। लेकिन मेरी मौत के लिए यही पत्थर जिम्मेदार है। आज मेरे बेटे का दिमाग खराब हुआ है, उसके लिए भी यही पत्थर जिम्मेदार है। मेरे पोते को अभी कुछ नहीं हुआ है लेकिन भविष्य में..."

प्रेतात्मा ने बोलना बन्द किया। मैंने कहा, "आप बेफिक्र रहिए। मुझे पक्का यकीन है कि मैं उस पन्ना की विदाई कर दूँगा।"

"तो मैं चलता हूँ।"

चाँद की रोशनी में प्रेतात्मा धीरे-धीरे आँखों से ओझल हो गई।

मैं फिर सारी रात सो नहीं पाया।

अगले दिन सवेरे दीवान को रात की घटना के बारे में बताया। दीवान को तो यह सुनकर जैसे काठ मार गया। वे बोले, "लेकिन मैं ऐसे किसी पत्थर के बारे में नहीं जानता हूँ।" मैंने कहा, "जो भी हो, एक बार अलमारी का दराज खोलकर देखा जाए।"

अलमारी का दराज खोलकर मखमल के लाल बक्से में पन्ना ढूँढ़ने में कोई असुविधा नहीं हुई। पत्थर को देखकर मेरी आँखें फटी की फटी रह गईं। ऐसा पन्ना मैंने जीवन में कभी नहीं देखा था।

अब साहब को बुलाकर कहा, "साहब, तुम पत्थर ढूँढ़ रहे थे, एक हैरतअंगेज पत्थर मेरे निजी संग्रह में है लेकिन वह मेरे पिता जी ने खरीदा था इसलिए देने में दुविधा हो रही थी। लेकिन बाद में सोचकर देखा कि तुम सम्मानित अतिथि हो और दूर से आए हो, तुम्हें इनकार करने का कोई मतलब नहीं है। देखो तो यह पन्ना तुम्हें पसन्द है या नहीं।"

पन्ना देखकर साहब भौचक्के रह गए। दो बार बुदबुदाकर बोले, "इट्स ए ब्यूटी...इट्स ए ब्यूटी!" उसके बाद बोले, "मैं और कुछ नहीं लूँगा।"

पन्ना साहब के हाथ में गया और हम लोगों के हाथ में आया एक चेक।

हैरानी की बात है कि शाम को अस्पताल से खबर आई कि राजा काफी स्वस्थ महसूस कर रहे हैं।

साहब की तरफ से शिकार उस तरह जमा नहीं। जंगल में हाँक लगाने वाले लोगों के कनस्तर पीटने से हालाँकि बाघ जंगल से बहर निकलकर साहब के हाथी के पास आ गया था लेकिन वे निशाना चूक गए। आखिरकार बाघ मेरी ही गोली से मरा।

अगले दिन साहब दिल्ली चले गए।

दो दिन बाद अखबार में खबर पढ़ी कि पैन अमेरिकन के एक विमान के इंजन में, दिल्ली एयरपोर्ट से उड़ान भरने के साथ ही एक चिड़िया घुस गई। इससे विमान में खराबी आ गई और वह गोता लगाते हुए जमीन पर आ गिरा। हालाँकि किसी की मौत नहीं हुई लगभग पच्चीस यात्री नर्वस ब्रेकडाउन के कारण अस्पताल में भर्ती किए गए। उनमें से एक थे जर्मनी के धन कुबेर ऑस्कर एम. होरेनस्टाइन!

नीलकमल लालकमल; शारद संख्या, 1393 (सितम्बर-अक्टूबर 1986)

तारिणी चाचा और जादूगर

"**कहाँ**, बाकी सब कहाँ हैं?" तारिणी चाचा ने पूछा।

"सबको खबर दे दो, नहीं तो कहानी में मजा कैसे आएगा?"

मैंने कहा, "सबको खबर दे दी गई है चाचा। बस आने ही वाले हैं।"

"तो फिर इसी बीच चाय-वाय के लिए बोल दो।"

मैंने कहा, "वह भी बोल दिया गया है—दूध और चीनी के बिना चाय।"

"वेरी गुड।"

दो-तीन मिनट के अन्दर ही नेपाल हाजिर हुआ। बताया कि जादू देखने गया था। अर्णव दि ग्रेट। बहुत अच्छा लगा है।

चाचा ने कहा, "जादू की ही बात चली है तो तुम लोगों को बता दूँ—मैं कुछ समय के लिए एक जादूगर का मैनेजर रहा। हालाँकि तब तुमलोगों का जन्म नहीं हुआ था।"

"उस जादूगर का क्या नाम था?" नेपाल ने पूछा।

"असली नाम तो नहीं जानता, लेकिन स्टेज पर

उसका नाम था चमकलाल। वो बंगाली नहीं बल्कि पश्चिम का रहनेवाला था। लगभग पचीस साल पहले का वाकया है। उसने काफी नाम कमाया था। एक बार मैनेजर के लिए विज्ञापन दिया। मैंने उस जादूगर का शो देखने के बाद ही आवेदन भेजा। अच्छा खिलाड़ी नहीं होता तो भला मैं उसकी मैनेजरी क्यों करता? लेकिन वह तो खाँटी माल निकला। जिसे 'स्टेज इल्यूजन' कहते हैं वह तो उसके खेल में शामिल था ही, उसके साथ 'थॉट रीडिंग' का भी तमाशा था। हैरान कर देनेवाला खेल था यह। शो के आखिर में यह खेल दिखाया जाता था। इसमें जादूगर की आँखों पर पट्‌टी बाँध दी जाती थी। इसके बाद वह स्टेज की ओर मुँह करके बैठ जाता था। फिर एक-एक दर्शक की सीट नम्बर बताकर चमकलाल उसके बारे में तथ्यों की झड़ी लगा देता था। वो आदमी कौन-सी नौकरी करता है, उसे कोई बीमारी है कि नहीं, उसे खाने में क्या पसन्द है, किस थियेटर या बाइस्कोप में गया है—बिलकुल सिलसिलेवार सारी जानकारी। इतना आश्चर्यजनक खेल मैंने कभी नहीं देखा था।

"यही खेल देखकर मैं प्रभावित हो गया और उस सज्जन के पास अपना आवेदन भेज दिया। उसके बाद बुलावा आया। जाकर बातचीत की और हाथ के हाथ नौकरी मिल गई। मुझे भी एक-दो चीजों का शौक था—उसके बारे में जानने के बाद वह जादूगर काफी खुश हुआ।

उस सज्जन की उम्र पचास वर्ष से ज्यादा नहीं होगी, सामान्य चेहरा, फ्रेंचकट दाढ़ी और मूँछ, तीखी नाक और दो आँखें जैसे आग का गोला। उतनी चमकदार आँखें मैंने बहुत कम लोगों की देखी हैं।

चाय आ गई थी। इसलिए तारिणी चाचा की बतकही थोड़ी देर के लिए थम गई। हम लोग उत्सुकता के रथ पर बैठे थे और सोच रहे थे कि इस भद्रपुरुष ने अपनी जिन्दगी में कितने तरह-तरह के काम किए हैं। यही खासियत थी तारिणी चाचा की। एक जगह टिककर कहीं नहीं रह पाए। अब हालाँकि कोई काम-धन्धा नहीं करते हैं। बेनेटोला लेन में एक फ्लैट लेकर रह रहे हैं और वहीं से पैदल चलकर आते हैं बालीगंज हम लोगों को कहानी सुनाने। कहते हैं कि बूढ़ों का संग उन्हें अच्छा नहीं लगता है। चाचा ने शादी नहीं की, लिहाजा जिसे संसार की चिन्ता कहते हैं, वह भी उन्हें नहीं है।

एक के बाद एक चाय की दो चुस्की लेकर चाचा ने एक्सपोर्ट क्वालिटी की एक बीड़ी सुलगाई और फिर बोलना शुरू किया।

शुरू से ही चमकलाल के साथ मेरा सम्बन्ध अच्छा था। जब मूड में होते तब जादू के छोटे-मोटे एक-दो करतब मुझे भी सिखा देते। उनके टूर का प्रोग्राम मैं ही तय करता था—और क्या लम्बे-लम्बे टूर होते थे। भारत का कोई राज्य छूटा नहीं था। और हर जगह कामयाबी के झंडे गाड़े। चमकलाल का नाम बोलते ही बच्चे से बूढ़े तक सभी के होश उड़ जाते थे।

एक दिन बॉस ने मुझे बुलाकर कहा, "तुमने तारापुर स्टेट का नाम सुना है?" पहचाना हुआ नाम लगने के बावजूद कहा कि नहीं सुना है। चमकलाल ने कहा, "फैजाबाद से 56 मील दक्षिण! मोटर गाड़ी जाने का बढ़िया रास्ता है।"

मैंने कहा, "अचानक तारापुर क्यों?"

"तारापुर एक देसी रियासत है," चमकलाल ने कहा, "वहाँ के राजा जादू के बड़े शौकीन हैं, यह मैं जानता हूँ। इसलिए एक बार जादू का मेरा शो देखना चाहते हैं। देखो, अगर इन्तजाम कर सको तो। राजा के मैनेजर को एक खत डाल दो, उसके बाद देखो क्या होता है।"

मैंने चिट्ठी भेज दी। सात दिन के भीतर ही जवाब आ गया। राजा ने चमकलाल का नाम सुना था और उनका शो देखने की खूब इच्छा है।

हम लोग मय साजो-सामान एक दिन फैजाबाद पहुँच गए। ग्यारह बक्से, उनके लिए ट्रक का इन्तजाम करने वास्ते पहले ही कह दिया था। फैजाबाद में ही राजा के मैनेजर माधोसिंह हाजिर थे। हमारा तहे-दिल से स्वागत किया और बड़ी-सी स्टूडिबेकर कार में बिठा दिया।

राजमहल पहुँचकर जिसे जो कमरा मिला, उसने वहीं थोड़ा आराम किया। उसके बाद बुलावा आने पर राजा के साथ मुलाकात हुई। उम्र लगभग पैंतालीस साल और नाक-नक्श तीखे। उन्होंने बताया कि बचपन से ही जादू का शौक है। महल के बाहर अलग स्टेज है। वहाँ गीत-संगीत, थियेटर, मैजिक सभी कुछ होता है, वहीं चमकलाल अपना खेल दिखाएँगे।

पहले दो दिन तो मोटरगाड़ी में बैठकर तारापुर के दृश्य, पुराना किला,

जंगल के बीच तारासुन्दरी के मन्दिर के खंडहर इत्यादि देखते-देखते ही कट गए। तीसरे दिन शाम को सोए। एक बार स्टेज का अच्छी तरह से मुआयना कर लिया—सब ठीक है।

मैजिक शो जोरदार रहा। लोगों के हावभाव देखकर ही समझ गया कि उन लोगों ने ऐसी कोई चीज अब तक नहीं देखी थी। कभी सुना है कि जादू के शो के आइटम भी दोबारा किए जाते हैं? तारापुर में यह भी हुआ।

सबसे आखिर में था 'थॉट रीडिंग' का खेल। चार-पाँच लोगों के बारे में आश्चर्यजनक तथ्यों का उद्घाटन करने के बाद चमकलाल अचानक बोले, "अब मैं हिज हाइनेस के बारे में कुछ बताना चाहता हूँ। उम्मीद करता हूँ कि उन्हें कोई एतराज नहीं होगा।"

राजा जैसे थोड़े अन्यमनस्क-से हो गए लेकिन उन्होंने कहा, "गो अहेड।"

चमकलाल हालाँकि खेल के लिए राजा का चुनाव करने पर पहले ही माफी माँग चुके थे। उसके बाद शुरू हुआ राजा के बारे में तथ्यों का उद्घाटन। बारह साल की उम्र में टाइफाइड हुआ था, बचने की कोई उम्मीद नहीं थी, अन्त में एक फकीर की झाड़-फूँक से चंगे हुए। राजा ने माना कि यह सब सच है। इसके बाद चमकलाल ने बताया कि राजा में एक आश्चर्यजनक गुण है कि वे दोनों हाथों से लिख सकते हैं। राजा ने यह भी मान लिया। फिर मालूम हुआ कि राजा एक बार बाघ का शिकार करने गए लेकिन डर गए और बाघ ने उन्हें पीठ में झपट्टा भी मार दिया। फिर शिकारी दल के एक साहब ने, जिनका नाम डनकन कुक था, बाघ को मारा। राजा ने इस घटना से भी इनकार नहीं किया। इसके बाद चमकलाल बोले, "अपनी सम्पत्ति में आज सबसे ज्यादा मूल्यवान समझते हैं, उसे अगर आप सभी लोगों को दिखा दें तो आज की शाम की महफिल मुकम्मिल हो जाए। इसे आप मान लेंगे न? आशा करता हूँ आप समझ गए होंगे कि मैं किस चीज का जिक्र कर रहा हूँ। मैं नजरों के सामने देख रहा हूँ उसे, मेरी आँख झुलसी जा रही है, मैं चाहता हूँ कि इस महफिल में हाजिर सभी को आप एक बार दिखाइए।"

देखा कि राजा में खेल भावना कूट-कूटकर भरी थी। चमकलाल किस सम्पत्ति की बात कर रहे थे वह तो मैं भी नहीं समझ पा रहा था लेकिन इतना तो मालूम था कि वह बेशकीमती चीज है।

राजा ने कहा, "जिस सम्पत्ति की बात जादूगर कर रहे हैं वह मैंने कभी किसी को नहीं दिखाई, लेकिन आज तो एक खास दिन है। आज हमारा जन्मदिन है, इसलिए जादूगर के अनुरोध को मैं मान लेता हूँ।"

राजा अपनी जगह से उठे और बाहर निकलकर कहीं गए और दस मिनट में वापस आ गए। चमकलाल का थॉट रीडिंग का खेल खत्म हो गया था, इसलिए वे अपनी आँख पर लगी पट्टी खोल चुके थे। राजा ने उनके हाथ में एक चीज देते हुए कहा, "मैं जादूगर से अनुरोध करता हूँ कि इसे सभी को दिखाएँ।"

चमकलाल ने जो चीज उठाकर दिखाई और स्टेज की लाइट में जो जगमग कर रहा था वह एक किस्म का बेशकीमती रत्न था। हरे रंग का पत्थर था इसलिए पन्ना ही लग रहा था, लेकिन इतना बड़ा पन्ना मैंने कल्पना में भी नहीं सोचा था।

इधर महफिल में इतनी तालियाँ बज रही थीं कि कान बहरे हुए जा रहे थे। राजा ने चमकलाल के हाथ से मणि वापस ली और फिर उसे रखने के लिए चले गए। इसके बाद लौटकर बतौर इनाम चमकलाल के हाथ में अशर्फी से भरी एक थैली थमाई और इस तरह खेल खत्म हुआ। बाद में देखा कि उस थैली में रखी अशर्फियाँ सोने की थीं।

यह तो नहीं बता सकता कि ऐसा क्यों था लेकिन मेरे मन में कुछ खटक रहा था। चमकलाल इसे भाँप गए, थॉट रीडिंग के दम पर। जब ट्रेन से लौट रहे थे, तब मुझसे पूछा, "क्यों बनर्जी, इतना क्या सोच रहे हो?"

मैं और क्या कहता? बोला, "तारापुर का सारा कारोबार मेरे मन में सन्देह पैदा कर रहा है। पहली बात कि इतनी जगहों के रहते तारापुर क्यों?"

चमकलाल ने कहा, "इसकी वजह जानना चाहते हो?"

मैंने कहा, "काफी उत्सुकता हो रही है?"

"फिर तुम्हें एक कहानी सुनानी पड़ेगी।"

"तो सुनाइए न।"

"तुम्हारे धीरज का बाँध तो नहीं टूट जाएगा।"

"बिलकुल नहीं।"

"फिर सुनो! वह जो मणि तुमने देखी, वह कहाँ पाई जाती है, जानते हो?"

"कहाँ?"

"तारासुन्दरी के मन्दिर के विग्रह से चुराई गई है।"

"अच्छा?"

"तारापुर के राजा महेन्द्र सिंह तब जीवित थे। उनके दो बेटे थे। बड़ा सूरज सिंह और छोटा चन्द्र सिंह। दोनों ही उस्ताद शिकारी थे। दोनों भाई एक दिन तारापुर के जंगल में शिकार खेलने गए। घना वन, जिसमें कहा जा सकता है कि दिन की रोशनी भी न के बराबर ही पहुँचती है। उस वन में शिकार की तलाश करते-करते बड़े भाई सूरज सिंह को तारासुन्दरी मन्दिर दिखा था, उन्होंने अपने भाई को भी दिखाया। दोनों ने मन्दिर में एक साथ प्रवेश किया। सूरज सिंह शरीफ थे लेकिन चन्द्र काफी लोभी प्रवृत्ति का था।

विग्रह के गले में पन्ना मणि देखते ही उसने उतारकर अपने हवाले किया। सूरज सिंह ने इस मामले पर एतराज भी जाहिर किया था लेकिन चन्द्र ने कोई तवज्जो नहीं दी।

"इस वाकये के बाद कुछ वक्त गुजर गया। राजा महेन्द्र सिंह उस पन्ना के बारे में कुछ भी नहीं जान पाए; इधर हमेशा से ही लालची रहे चन्द्र सिंह के मन में गद्दी पर बैठने की लालसा पैदा हो गई। लेकिन नियम के मुताबिक सिंहासन तो बड़े बेटे सूरज सिंह को मिलना था।

"चन्द्र सिंह ने तब एक खतरनाक कदम उठाया। बड़े भाई के शरबत में विष मिलाकर उसकी हत्या करने की कोशिश की। सूरज सिंह के दिल ने धड़कना बन्द कर दिया। बाद में डॉक्टर को कुछ शक हुआ तो सूरज सिंह की लाश का मुआयना भी किया। इसलिए चन्द्र सिंह ने झटपट उसके संस्कार का इन्तजाम किया और लाश को श्मशान भिजवा दिया।

"वह सावन का महीना था। वज्रपात के साथ-साथ भारी बारिश शुरू हुई श्मशान में। जो लोग शवयात्रा में गए थे वे लाश फेंककर उलटे पाँव भाग गए।

"इधर बारिश में भीगकर या जिस किसी वजह से, चिता पर सोए सूरज सिंह की देह में प्राण लौट आया। दरअसल वे मरे नहीं थे, डॉक्टर की गलती से उन्हें मृत मान लिया गया था। यह भी हो सकता है कि चन्द्र सिंह ने पहले ही डॉक्टर को घूस में मोटी रकम थमा दी हो क्योंकि सूरज सिंह की सेहत काफी अच्छी थी।

"जो भी हो, सूरज सिंह चिता से उठकर खड़े हुए और किंकर्तव्यविमूढ़ की तरह इधर-उधर घूमने लगे। क्या हुआ है, यह भी उन्हें ठीक से समझ में नहीं आ रहा था।

"श्मशान के पास ही एक कुटिया थी, उसमें एक तांत्रिक रहता था। वह था पिशाचसिद्ध; तंत्र के कई कायदे-कानून उसे मालूम थे। वह सूरज सिंह को देखते ही पहचान गया और कृपा करते हुए उन्हें अपनी कुटिया में आश्रय भी दिया। फिर उसने ही मंत्र के बल पर सारी घटना को समझा और सूरज सिंह को बताया। उसने कहा, 'तुझे नया जीवन मिला है, अभी कुछ दिन मेरे पास ही रह, अभी तेरा शरीर पूरी तरह ठीक नहीं हुआ है—उसके

बाद नए जीवन का सद्व्यवहार करना। मैं दिव्य दृष्टि से देख रहा हूँ कि तेरी किस्मत में यशलाभ है। तुझे क्या करना है यह मैं बता दूँगा। राजा होना तेरी किस्मत में नहीं है; वह तो तेरा छोटा भाई ही होगा।'

"सूरज सिंह तांत्रिक के पास डेढ़ साल तक रहे। उस दौरान उन्होंने एक फन में महारत हासिल की जिसे इन्द्रजाल कहते हैं। तांत्रिक ने अपनी सारी ऐन्द्रणालिक सिद्धियाँ सूरज सिंह को दे दीं। इसके बाद एक दिन सूरज सिंह ने तांत्रिक से विदाई ली और अपने रास्ते चल पड़े। उस रास्ते पर वे काफी दूर गए और उपहार के रूप में मिले नए जीवन का सम्पूर्ण सद्व्यवहार किया।"

चमकलाल रुके। मैं भी समझ गया था। बोला, "सूरज सिंह और चमकलाल तो एक ही आदमी हैं, यही न?"

चमकलाल ने मन्द-मन्द हँसी बिखेरते हुए कहा, "तुम ठीक समझे हो।"

मैंने कहा, "लेकिन एक बात मेरी समझ में नहीं आई कि जिस आदमी ने इतने जुल्म ढाए, आपकी हत्या तक करने की कोशिश की—उसे आपने सिर्फ जादू दिखाकर छोड़ दिया? क्या आपके अन्दर बदले की भावना बिलकुल ही नहीं थी?"

"वह क्यों नहीं रहेगी—मैं भी इनसान हूँ।"

"तो फिर?"

"तो फिर क्या? तो फिर यही!"

यह कहकर चमकलाल ने जेब से एक चीज निकालकर मेरे सामने रख दी। उनकी तर्जनी और अँगूठे के बीच से आँखें चौंधिया देनेवाली किरणें निकल रही थीं जिससे मैं कुछ भी नहीं देख पा रहा था।

"यह है तारासुन्दरी मन्दिर के अलंकार का पन्ना, राजा के पास अभी जो है वह नकली है। वहाँ जाने से पहले ही मैंने बनवाकर रख लिया था। मामूली हाथ की सफाई और क्या!"

सन्देश; कार्तिक, 1393 (अक्टूबर-नवम्बर 1986)

नॉरिस साहब का बंगला

तारिणी चाचा को घेरे हम पाँच दोस्त बैठे हैं, आसमान बादलों से ढँका है, शाम होने को है, चाचा चाय पी चुके हैं। अब बीड़ी सुलगाकर कहानी शुरू करेंगे। आना हुआ तो चाचा शाम को ही आते हैं, और उनके आने से ही हम लोग एक कहानी का रसास्वादन करते हैं। सब चाचा के जीवन से जुड़ी घटनाएँ होती हैं लेकिन वे घटनाएँ कहानी से ज्यादा मजेदार होती हैं। एक आदमी इतना जानकार हो सकता है, मैंने कभी इसकी कल्पना भी नहीं की थी।

चाचा ने बोलना शुरू किया, "ऐसा नहीं है कि मैं सिर्फ नौकरी के चक्कर में देश-विदेश घूमता हूँ; बीच-बीच में नौकरी से वितृष्णा हो जाती है, तब सिर्फ सैर के नशे में घूमता हूँ। नई जगह देखने का शौक मुझे बचपन से ही है। इसी फेर में एक बार मैं पहुँच गया था छोटानागपुर। वह इलाका तब मैंने देखा नहीं था। उसी दौरान एक हैरतअंगेज वाकया हुआ। वही कहानी आज तुम लोगों को सुनाऊँगा।"

चाचा ने बीड़ी का एक लम्बा कश लिया और कहानी शुरू की।

मैं तब हजारीबाग में था। एक होटल में ठहरा था, नाम था डीलक्स होटल, लेकिन व्यवस्था कामचलाऊ से ज्यादा नहीं थी। खैर, उससे क्या फर्क पड़ता है क्योंकि व्यक्तिगत स्वच्छन्दता को कभी मैं बहुत ऊँचा स्थान नहीं देता। तमाम तरह के हालात के साथ तालमेल कायम कर लेने की मेरी आदत है। हजारीबाग में किसी को जानता नहीं, इससे और सहूलियत हो गई थी क्योंकि कभी-कभी ऐसी परिस्थिति भी आती जाती है कि गप्पें हाँकना एकदम अच्छा नहीं लगता। चुपचाप अकेले-अकेले बिस्तर पर लेटकर कल्पना की गहराइयों में खुद को डुबो देने का मन करता है। बहरहाल, भारतवर्ष में ऐसी कोई जगह नहीं जहाँ बंगाली न रहते हों। खासकर हजारीबाग में तो काफी बंगाली हैं। उनमें से एक-आध से गुफ्तगू होनी ही थी, इसमें हैरानी की क्या बात है?

सबसे पहले जिनके साथ बातचीत हुई उनका नाम था—अर्धेन्दु बसु। वे इतिहास के जानकार थे। पावना के एक जमींदार वंश—हालदार वंश—के बारे में अध्ययन कर रहे थे। इच्छा थी एक किताब लिखने की। बताया कि इस वंश में कई साहसी चरित्र हुए हैं। इनके ही एक आदिपुरुष हुए, जिनका नाम था—रामगति हालदार। बताते हैं कि वे राममोहन राय के काफी करीब थे। इसके अलावा भी इस वंश में कई समाज सुधारक निर्भीक चरित्रों का परिचय मिलता है। मैंने उस सज्जन से पूछा, 'इस परिवार के बारे में लिखने के लिए आपको हजारीबाग क्यों आना पड़ा?' उन्होंने जवाब दिया, 'उन्नीसवीं सदी के मध्य में इस परिवार के एक सज्जन ने हजारीबाग में एक मकान बनवाया था। अभी तक ये समझ नहीं पाया कि वह मकान छुट्टियाँ बिताने के लिए था या कोई और वजह थी। इस खास आदमी का नाम था—महेश हालदार। इस महेश हालदार तक ही मुझे हालदार वंश का इतिहास पता है, हालाँकि इनके बारे में जानने के लिए काफी कुछ बाकी है। लेकिन महेश हालदार के बाद तो सब कुछ जैसे ब्लैंक।' मैंने पूछा, 'इसके हजारीबागवाले मकान को आपने देखा है?' अर्धेन्दु बाबू ने कहा, 'देखा है, लेकिन वहाँ भी एक रहस्य है। इस मकान का यहाँ के सभी लोग नॉरिस

साहब के बंगले के तौर पर जिक्र करते हैं। हालाँकि महेश हालदार ने शादी की थी, यह बात तो मुझे मालूम है लेकिन उसके बाद इस वंश का क्या हुआ, इसके बारे में मैं कुछ नहीं जानता। हो सकता है महेश बाबू ने किसी वजह से नॉरिस साहब को यह बंगला बेच दिया हो।'

'कोलकाता में उनका अब कोई वंशधर नहीं है?' मैंने पूछा।

अर्धेन्दु बाबू ने कहा, 'महेश हालदार अपने पिता योगेश हालदार की अकेली सन्तान थे। लिहाजा यदि उन्हें कोई सन्तान नहीं हुई हो तो शायद हालदार वंश महेश के साथ ही खत्म हो गया हो। इस वंश की कोई उपशाखा है कि नहीं यह भी नहीं मालूम। मैं तो सिर्फ शाखा में ही इंटरेस्टेड हूँ।'

'इस वंश के बारे में मालूमात दे सके, ऐसे किसी आदमी का संधान नहीं मिला हजारीबाग में?'

'यहाँ एक सज्जन रहते हैं, जन्म से ही यही हैं, उनकी उम्र नब्बे साल है, नाम कालीकिंकर बनर्जी। सोच रहा था एक बार उनसे पूछूँगा।'

'तो चलिए न, आज ही शाम को चलते हैं।'

कालीकिंकर बाबू को सभी जानते हैं, इसलिए उनका घर ढूँढ़ने में कोई परेशानी नहीं हुई। वहाँ पहुँचकर पता चला कि महोदय सायंकालीन भ्रमण के लिए निकले हैं। समझिए कैसी सेहत थी। नब्बे साल की उम्र में भी शाम को टहलना जरूरी था।

थोड़ी देर बाद ही वो सज्जन हाजिर हो गए। हम लोगों ने अपना परिचय दिया। इस पर वह बोले, 'मेरे पास कोई बड़ा आदमी तो आता नहीं है। लग रहा है कि आप लोग किसी काम से आए हैं?'

"आपने ठीक समझा", अर्धेन्दु बाबू ने कहा। "मैं पूर्वी बंगाल के एक जमींदार वंश पर रिसर्च कर रहा हूँ। हालदार वंश। इसी वंश के एक सज्जन ने उन्नीसवीं सदी के मध्य में हजारीबाग में एकमंजिला बंगलानुमा मकान बनवाया था। उसी मकान को यहाँ के लोग नॉरिस साहब का बंगला कहते हैं।"

"ओ-अच्छा। वह सब हालदार-फालदार नहीं जानता; वे यहाँ रहते रहे होंगे। मैं जब सात या आठ बरस का था, तब मैंने नॉरिस साहब को घोड़े

पर बैठकर घूमने जाते देखा था। मुझे देखकर सिर झुकाकर गुड आफ्टरनून बोलते थे। आखिरकार उनका क्या हुआ, वह तो जानते हो?"

हम दोनों ने सिर हिलाकर कहा, "नहीं जानते।"

"उस सज्जन ने खुदकुशी की थी," कालीकिंकर बाबू ने बताया। "वजह का पता नहीं चला। लोग कहते हैं कि वह मकान भुतहा है। वहाँ साहब का भूत देखा गया है। मैंने हालाँकि नहीं देखा है। नॉरिस साहब बड़े जबरदस्त साहब थे।"

"बता सकते हैं कि उनका मकान कहाँ है?"

"मकान तो पास में ही है।"

कालीकिंकर बाबू ने हमें रास्ता बता दिया। उन्हें धन्यवाद देकर हम दोनों वहाँ से निकल पड़े। बाहर आते ही अर्धेन्दु बाबू से पूछा, "इतने दिन तक आपने उस बंगले को नहीं देखा था?"

उन्होंने कहा, "देखा है भाई, लेकिन लोगों ने सही जानकारी दी थी कि नहीं, इसकी तस्दीक करना चाहता था। उन्होंने जो बताया है वह तो गलत नहीं हो सकता न।"

"मुझे भी उस मकान को देखने का कुतूहल हो रहा है।"

"आइए न, दिखा देते हैं।"

"ऊंपर टाली से ढँका ढलुआ छतवाला मकान, बंगला कहा जा सकता था, जैसा कि हजारीबाग में दिखता है। टालियों के खिसकते जाने से छत में सुराख हो गए थे। चार-पाँच बीघा जमीन पर चहारदीवारी से घिरा वह बंगला जीर्ण अवस्था में खड़ा था। वहाँ कोई नहीं रहता था, आखिरी बार यहाँ कब कोई रहता था, कोई नहीं बता सकता था।

मैंने अर्धेन्दु बाबू से कहा, "आपके हालदार वंश की बात तो मैं नहीं जानता महाशय, लेकिन इस नॉरिस साहब को लेकर मुझे हैरतअंगेज कुतूहल हो रहा है। और सच कहूँ तो, इस साहब की आत्मा से यदि सम्पर्क करना सम्भव हो वो महेश हालदार के बारे में तथ्य दे सकते हैं। क्यों, ठीक है न?"

"यह तो ठीक ही कह रहे हैं।"

अर्धेन्दु बाबू ने वह बात बहुत जोर देकर नहीं कही। मैं समझ गया कि नॉरिस साहब की प्रेतात्मा के साथ मेल-मिलाप को लेकर वह बहुत उत्साहित नहीं हैं। मैं भूत की परवाह नहीं करता, लेकिन सभी लोग वैसे नहीं होते।

दो दिन बीत गए।

तीसरे दिन मैंने अर्धेन्दु बाबू से कहा, "इस तरह हाथ पर हाथ रखकर बैठे रहने से आपको क्या मिलेगा? आइए, कुछ किया जाए। न हो तो उस बंगले में ही एक रात बिताकर आया जाए।"

थोड़ी देर चुप रहने के बाद अर्धेन्दु बाबू बोले, "यहाँ शशि के मकान पर बंगालियों का अड्डा जमता है। मैं कल वहाँ गया था। उन लोगों ने

बताया कि नॉरिस साहब के बंगले को भले ही लोग भुतहा कहते हों, अब तक वहाँ किसी ने भूत को देखा नहीं है। लेकिन उसी अड्डे पर उत्पल बाबू नाम के एक निरीह किस्म के सज्जन मिले, वह भूत को बुलाने के बहुत बढ़िया माध्यम थे। यानी उनके जरिए कई बार भूत प्रकट हो चुके थे। एक विशेष अवस्था में आने पर उनके गले से भूत की आवाज निकलती थी और ऐसे समय पर भूत के साथ बातचीत की जा सकती थी। कहते हैं कि अँधेरे घर में तिपाए टेबल पर हाथ रखकर यह सब करना होता था। थोड़ा समय भी लगता था।"

मैंने कहा, "देखिए, कैसा संयोग है। ये मीडियम का मिलना मामूली बात नहीं है। आप उत्पल बाबू को बता दीजिए कि हम लोग कल रात में ही बैठेंगे। तिपाया टेबल का जुगाड़ कर पाएँगे?"

"मेरे होटल के कमरे में ही एक है।"

"तब तो कोई फिक्र ही नहीं है, आइए जुट, जाते हैं।"

अर्धेन्दु बाबू ने डॉक्टर शशि के अड्डे पर उत्पल बाबू से मेरा परिचय करवा दिया। सबके सामने फिर भूत का प्रसंग मैंने जानबूझकर नहीं छेड़ा क्योंकि 'प्लैनचेट' के समय हम तीनों के अलावा कोई मौजूद रहे, मैं नहीं चाहता था। अड्डेबाजी के बाद बाहर निकलकर उत्पल बाबू के सामने प्रस्ताव रखा गया। वह सज्जन फौरन राजी हो गए। कहा, "नॉरिस साहब के बंगले में प्लैनचेट करने का शौक बहुत पुराना है लेकिन इतने दिन से कोई साथी नहीं मिल रहा था, इसलिए नहीं हो पाया।" उत्पल बाबू खुद ही बोले, "तो परसों बुधवार को बैठा जाए। परसों अमावस्या है, इसलिए काम आसानी से हो जाने की सम्भावना है।" क्या-क्या चाहिए, यह पूछे जाने पर उन्होंने बताया—तीन कुर्सियाँ, एक तिपाया टेबल और एक मोमबत्ती। मोमबत्ती की जरूरत पड़ेगी काम खत्म हो जाने के बाद।

मैंने और अर्धेन्दु बाबू ने दिन में ही दो रिक्शे में लाकर बंगले में कुर्सी-टेबल रखवा दिया था। इसी बीच घूम-फिरकर मकान का मुआयना भी कर लिया। बहुत दिनों से कोई रहता नहीं था, इसलिए कमरों की हालत काफी खराब थी। हम लोगों ने एक कमरा चुनकर स्थानीय लोगों की मदद

से झाड़-पोंछकर उसे रहने योग्य बना लिया था। शायद यही बैठकर खाना था। मकान में पहरा देने के लिए भी एक आदमी का जुगाड़ किया गया था। शुरुआत में उसने साहब के भूत के नाम पर आनाकानी की लेकिन हाथ में दस रुपये का नोट आते ही चुप हो गया।

रात में दस बजे से पहले ही हम तीनों मकान के सामने जुट गए। तय हुआ कि भूत के प्रकट होने पर सवाल पूछेंगे अर्धेन्दु बाबू और अगर सबकुछ ठीक रहा तो उत्तर मिलेगा साहब की जबान में उत्पल बाबू के मुँह से। अर्धेन्दु बाबू ठीक-ठाक अंग्रेजी बोल लेते थे। उस लिहाज से सहूलियत थी। देखता हूँ उत्पल बाबू साथ में एक डिब्बा भी लेकर आए थे। पूछने पर बताया, "इसमें कपूर है। प्लैनचेट के मामले में इससे काफी मदद मिलती है।"

मोमबत्ती की रोशनी में सारा जोड़-तोड़ हुआ। तीनों लोग तिपाया टेबल के तीन ओर बैठे और टेबल के ऊपर हाथ उलटकर रख दिया। उसके बाद बत्ती बुझाकर आँखें बन्द कीं और साहब की चिन्ता में मग्न हो गए।

पेड़-पौधों से घिरा बंगला। बाहर हवा चलने से बीच-बीच में पत्तों की सरसराहट की आवाज आ रही थी। कुछ देर बाद शायद हवा बन्द होने से कोई आवाज नहीं आई। अमावस की रात, उस पर से बादलों से घिरा आसमान; बाहर सड़क पर भी कोई रोशनी नहीं थी कि खिड़की से हम तक पहुँचे। इसलिए कमरे के अन्दर अभेद्य अन्धकार था।

कब तक इसी तरह रहे, नहीं जानता। अचानक महसूस हुआ कि टेबल धीरे-धीरे हिल रहा है। हिलना बढ़ा तो खट्खट् की आवाज शुरू हुई। मैं जानता हूँ इस तरह के प्लैनचेट में यह भूत के प्रकट होने का लक्षण है।

हम लोगों ने टेबल के ऊपर से अपना हाथ नहीं हटाया फिर भी हमारे हाथ हिल रहे थे। टेबल के साथ-साथ उठ रहे थे और गिर रहे थे।

"आँ—।—।"

ये शब्द उत्पल बाबू के गले से निकले। अर्धेन्दु बाबू तैयार थे। उन्होंने काँपती हुई आवाज में प्रश्न किया—

"इज ऐनीवन हियर?"

उत्पल बाबू ने पूरे साहबी अन्दाज में जवाब दिया—

"यस।"

"हू इज इट?"

"माई नेम इज नॉरिस।"

बाकी बातचीत भी अंग्रेजी में ही हुई। नॉरिस साहब की अंग्रेजी बिलकुल चुस्त। मैं उस वार्तालाप का अनुवाद सुना रहा हूँ। अर्धेन्दु बाबू ने कहा, "क्या आप इस बंगले में रहते थे?"

"यस।"

"आप हजारीबाग में क्या करते थे?"

"मेरी अभ्रक की खदानें थीं।"

"शहर में और भी साहब थे?"

"यस, अभ्रक खदानों के मालिकों का एक क्लब था, विक्टोरिया क्लब! मैं उस क्लब का मेम्बर था।"

"आपसे पहले इस मकान में हालदार नाम के एक आदमी रहते थे?"

"हाँ, रहते थे।"

"वह क्या आपको यह मकान देकर गए थे?"

"हाँ।"

"उसके बाद वह कहाँ गए?"

"कोलकाता। वहीं उनकी मृत्यु हुई।"

"क्या आपने खुदकुशी की थी?"

उत्तर आने में थोड़ा वक्त लगा।

"हाँ।"

"कैसे?"

"रिवाल्वर से सिर में गोली मारकर।"

"क्यों?"

"मैं जिन्दा नहीं रहना चाहता था।"

"समझा! लेकिन ऐसा मनोभाव हुआ क्यों?"

"आज यहीं तक रहने दिया जाए। बड़ी थकान लग रही है।"

मैं समझ गया कि थकावट तो दरअसल उत्पल बाबू को लग रही थी। मैंने लाइटर से मोमबत्ती जला दी। देखता हूँ उत्पल बाबू सिर नीचे किए हुए छाती के बल झुके पड़े हैं। कंधा पकड़कर हिलाते ही होश में आ गए। सिर को हिलाते हुए अपनी आवाज में सवाल किया—

"कैसा रहा?"

"बहुत बढ़िया,"

"बहुत बढ़िया," अर्धेन्दु बाबू बोले, "इतना तो समझ में आ रहा है कि महेश हालदार ने यहाँ का ठाट-बाट उखाड़कर बंगले को नॉरिस के हाथों बेचा और कोलकाता चले गए। और, वहीं उनकी मौत हुई। यानी, जहाँ तक समझ में आ रहा है, हालदार वंश वहीं पर खत्म।...बहुत धन्यवाद, उत्पल बाबू।"

लेकिन मेरे मन में एक खटका लगा हुआ था, जिसकी वजह से मैं बेचैन था। नॉरिस साहब की मृत्यु की वजह साफ नहीं हुई थी, सो मैं अभी

हालदार के बजाय नॉरिस के बारे में सोच रहा था। हालाँकि उत्पल बाबू से जो सवाल किए गए, उनका जवाब उन्होंने ठीक तरह से ही दिया।

मैं रात में काफी देर तक इस मामले के बारे में सोचता रहा। फिर सुब उठकर अर्धेन्दु बाबू के होटल पहुँचा और दो टूक बता दिया कि मैं एक बार और प्लैनचेट करना चाहता हूँ। और इस बार सवाल मैं पूछूँगा। अर्धेन्दु बाबू ने कहा, "मुझे कोई आपत्ति नहीं है, लेकिन आप हालदार वंश के बारे में और क्या नई बात जानना चाहते हैं, जो नहीं मालूम।"

मैंने कहा, "हकीकत तो यह है कि मैं नॉरिस साहब के बारे में और जानना चाहता हूँ। वो आदमी काफी इंटरेस्टिंग लग रहा है।"

उत्पल बाबू ने हम लोगों के प्रस्ताव पर हामी भर दी।

हम लोग फिर दस बजे साहब के बंगले पर जमा हुए। मैंने उत्पल बाबू से मजाक में कहा, "आज तो अमावस नहीं है। प्लैनचेट सही तरीके से होगा तो?"

उत्पल बाबू बोले, "लग तो ऐसा ही रहा है। इस भले आदमी की आत्मा बड़ी आसानी से पकड़ में आ जाती है।"

अर्धेन्दु बाबू ने कहा, "मैं सब कुछ बर्दाश्त कर सकता हूँ, लेकिन जब आपके गले से किसी दूसरे आदमी की आवाज निकलती है तो रीढ़ की हड्डी में सनसनाहट-सी होती है।"

हम लोग सवा दस बजे तक तैयार हो गए। पन्द्रह मिनट के बाद ही टेबल के हिलने और उत्पल बाबू के गले से 'आँ' शब्द सुनते ही समझ गया कि प्रेतात्मा हाजिर है।

इस बार मैंने प्रश्न किया—"इज ऐनीबडी हियर?"

नॉरिस की आवाज में जवाब आया—

"यस।"

"आर यू मिस्टर नॉरिस?"

"यस।"

"मिस्टर नॉरिस, आपको दोबारा परेशान करने के लिए क्षमा चाहता

हूँ; लेकिन कल एक सवाल का सही जवाब नहीं मिला था, इसलिए आपको दोबारा बुलाया है।"

"क्या प्रश्न है?"

"आपको जीवन से इतनी वितृष्णा क्यों हो गई कि आपने खुदकुशी कर ली?"

थोड़ी देर तक कोई आवाज नहीं आई। उसके बाद अंग्रेजी में जवाब आया—

"मेरा काफी अपमान हुआ था।"

"किसने अपमान किया था?"

"मेजर टॉमसन।"

"घटना कहाँ हुई थी?"

"हम लोगों के क्लब में।"

"लेकिन अपमान का क्या कारण था?"

"तब तो बहुत-सी बातें बतानी पड़ेंगी।"

"बताइए, हम लोग सुनने आए हैं।"

"मैंने एक बेयरे से हिन्दी में कुछ कहा था।
मेजर टॉमसन ने वो सुन लिया था।"

"उससे क्या हुआ?"

"उससे टॉमसन समझ गया कि मैं साहब नहीं हूँ।"

"आप साहब नहीं हैं?"

"नहीं। लेकिन मेरे चेहरा साहबों से बिलकुल मिलता था। मेरे भूरे बाल थे। आँखें नीली और शरीर का रंग साहब की तरह गोरा। मैंने मिशनरी स्कूल में पादरियों से अंग्रेजी सीखी थी। वह अंग्रेजी सुनकर और मेरा चेहरा देखकर कोई ये नहीं कह सकता था कि मैं साहब नहीं हूँ! हमारे क्लब में भारतीयों के प्रवेश पर पाबन्दी थी, लेकिन मैं नॉरिस के नाम से क्लब का सदस्य बनने में कामयाब हुआ था। इस क्लब का मैं साढ़े तीन साल से मेम्बर था। उसके बाद टॉमसन के सामने मेरा भेद खुल गया। उसने सबके सामने मुझे 'नेटिव' कहते हुए लात मारकर बाहर निकाल दिया।"

"वास्तव में आप क्या थे?"

"मैं बंगाली था। मेरा नाम था नरेश। नरेश से नॉरिस हुआ था।"

मुझे अचानक आँखों के सामने रोशनी दिखी। मैंने पूछा, "आप क्या महेश हालदार के कोई रिश्तेदार थे?"

"मैं था महेश हालदार की एकमात्र सन्तान। पिताजी अपनी अभ्रक खदान का बोझ मेरे कन्धे पर डालकर कोलकाता चले गए। वहीं उनकी मौत हो गई। मैंने शादी नहीं की। मैं हालदार वंश का आखिरी नुमाइन्दा हूँ।"

बाकी मालूमात नरेश ने बांग्ला में ही बताई।

"अब मैं चलता हूँ क्योंकि इस तरह की बातचीत मेरे लिए थकाने वाली होती है।"

"आपका बहुत धन्यवाद।"

"मुझे भी काफी हल्का महसूस हो रहा है। इतने दिन बाद बांग्ला बोलकर आराम लग रहा है। साहब का बाना धरकर कितनी बड़ी भूल की थी, वह फिर से महसूस हुआ है।"

मैंने मोमबत्ती जला दी।

अब मेरे मन में कोई खटका नहीं था और अर्धेन्दु बाबू के हालदार वंश का अन्तिम अध्याय भी खत्म हो गया।

लेकिन यह भी महसूस हुआ कि उत्पल बाबू के बिना मि. नॉरिस का रहस्य दबा ही रह जाता।

सन्देश; वैशाख, 1394 (अप्रैल-मई 1987)

डॉ. मुंशी की डायरी

आज चाय के साथ नमकीन के बदले समोसा था। लालमोहन बाबू कुछ दिन से कह रहे थे, 'खाओ-खाओ' नाम की एक दुकान खुली है महाशय, मेरे घर से आधा मील दूर, वहाँ जोरदार समोसे बनते हैं। एक दिन लेकर आऊँगा।

आज वही समोसे आए हैं और लालमोहन बाबू का दावा बिलकुल सही है, यह साबित हो गया है।

"आनेवाले बैशाख महीने में आपकी जो पुस्तक प्रकाशित होनेवाली है, क्या उसकी रूपरेखा तैयार हो गई है?" फेलूदा ने पूछा।

"यस सर! कम्पूचिया में कँपकँपी। इस बार देखिएगा प्रखर रुद्र के हाव-भाव और कायदे-कानून बहुत कुछ फेलू मित्र के जैसे नजर आएँगे।"

"अर्थात वह और भी प्रखर हो उठा है, यही तो?"

"वह तो है।"

"निश्चित रूप से जासूस के इम्प्रूवमेंट के साथ-साथ उसके सृष्टिकर्ता ने भी इम्प्रूव किया है।"

"पिछले कुछ वर्षों से लगातार आपके इर्द-गिर्द

चक्कर लगा रहा हूँ, उसके कुछ फायदे होंगे, इस बात से तो आप भी इनकार नहीं करेंगे।"

"वह मैं स्वीकार कर लूँगा, अगर आप इम्तिहान में पास हो जाएँ।"

"कौन-सा इम्तिहान?"

"पर्यवेक्षण क्षमता का इम्तिहान। बताइए तो मेरे अन्दर कोई बदलाव देख रहे हैं कि नहीं। आप तो कल सुबह आए थे; आज और कल के बीच मुझमें कोई फर्क दिख रहा है क्या?"

लालमोहन बाबू खड़े हो गए और दो कदम पीछे हटकर कुछ मिनटों तक फेलूदा को सिर से पाँव तक देखकर बोले, "कहाँ, नहीं तो। ऊँ हूँ। नो डिफरेंस। कोई फर्क नहीं है।"

"जवाब सही नहीं है। आप फेल हो गए। इसलिए प्रखर रुद्र भी फेल। आपके आने से दस मिनट पहले मैंने पैर और हाथ के नाखून काटे हैं लेकिन ईद के चाँद की तरह हाथ के नाखून अब भी मेज पर पड़े हुए हैं। वो देखिए।"

"ठीक कह रहे हैं।"

लालमोहन बाबू कुछ देर के लिए किंकर्तव्यविमूढ़ रहने के बाद अचानक फेलूदा की ओर देखकर बोले, "वेरी वेल; अब आप बताइए तो मेरे अन्दर क्या बदलाव नजर आ रहा है?"

"बताऊँ?"

"बताइए।"

फेलूदा चाय के खाली कप को टेबल पर रखकर चारमीनार का पैकेट उठाते हुए बोले, "नम्बर वन, आपने कल तक लक्स साबुन का इस्तेमाल किया है; आज सिन्थॉल की खुशबू आ रही है। बहुत सम्भव है कि ये टेलीविजन पर विज्ञापन दिखाए जाने का नतीजा है।"

"ठीक कहा जनाब। ऐनीथिंग एल्स?"

"आप कुर्ते के सारे बटन लगाकर रखते हैं; आज काफी दिनों के बाद देख रहा हूँ कि ऊपरवाला बटन खुला है। नए कुर्ते में बटन लगाने में कई बार काफी कसरत करनी पड़ती है। ऊपरवाला बटन उसी कसरत के दौरान किसी तरह खुला रह गया।"

"क्या खूब पकड़ा है।"

"और भी बहुत कुछ है।"

"क्या?"

"आप रोज सुबह लहसुन की एक कली चबा कर खाते हैं; आपके घर में घुसते ही मुझे पता चल जाता है। आज ऐसा कुछ नहीं है।"

"अब कुछ मत कहिए। भारद्वाज बिलकुल केयरलेस है। उसे काफी डाँट पिलाई है। जनाब, सन् 86 से लहसुन खा रहा हूँ, रोज सुबह एक कली। मेरा सिस्टम ही—"

जटायु को लहसुन पर अपना प्रवचन बीच में ही छोड़ना पड़ा। क्योंकि कॉलिंग बेल बज उठी थी। दरवाजे पर देखता हूँ कि फेलूदा की उम्र के एक सज्जन खड़े हैं।

फेलूदा खड़े हो गए।

"आइए—"

"आप ही तो?"

"मेरा नाम प्रदोष मित्र है।"

वे सज्जन सोफे पर बैठते हुए बोले, "मेरा नाम शंकर मुंशी है। मेरे पिता जी का नाम शायद आपने सुना होगा—डॉक्टर राजन मुंशी।"

"साइक्याट्रिस्ट?"

मैं जानता था कि जो मन की बीमारी का इलाज करते हैं उन्हें साइक्याट्रिस्ट कहा जाता है।

"उस दिन अखबार में उनके बारे में एक खबर पढ़ी थी न? एक तसवीर भी छपी थी।"

"हाँ, आपने ठीक ही कहा," शंकर मुंशी ने जवाब दिया।

"पिछले चालीस साल से वे एक डायरी लिख रहे हैं। उसे पेंग्विन वाले प्रकाशित कर रहे हैं। शायद आप नहीं जानते। यह ठीक है कि मनोविज्ञानी के तौर पर पिता जी का बड़ा नाम है लेकिन एक और मामले में वे असाधारण थे। वह है शिकार। पच्चीस साल पहले शिकार छोड़ने के बावजूद इस डायरी में शिकार के बारे में उनकी जानकारी का उल्लेख है।

पेंग्विन ने अभी उनकी डायरी पढ़ी नहीं है; लेकिन साइक्यािट्रस्ट शिकारी की डायरी सुनते ही छापने का प्रस्ताव दिया है। लेखक के रूप में पिता जी का काफी नाम है, यह बात वे जानते हैं।

मनोविज्ञान के बारे में चुस्त अंग्रेजी में लिखे हुए पिता जी के कई प्रबन्ध विभिन्न पत्रिकाओं में प्रकाशित हुए हैं।"

"यह खबर क्या आप लोगों ने अखबार में भेजी थी?"

"नहीं, वह प्रकाशक ने भेजी थी।"

"आई सी।"

"जो भी हो, अब काम की बात की जाय। पिता जी को इसका गर्व है कि इस डायरी में एक भी गलत तथ्य नहीं है। इस डायरी में तीन लोगों के बारे में तीन घटनाओं का जिक्र है। उनका पूरा नाम देने के बजाय पिता जी ने उनके नाम के शुरुआती अक्षर का इस्तेमाल किया है। ये तीनों अक्षर हैं—'ए', 'जी' और 'आर'। ये तीनों ही आज समाज के सम्मानित और सक्सेसफुल व्यक्ति हैं। लेकिन तीनों ने ही काफी समय पहले तीन अत्यन्त गर्हित काम किए और तीनों ने ही येन-केन-प्रकारेण कानून के फन्दे से बचने में कामयाबी पाई। हालाँकि पूरा नाम इस्तेमाल न करने की वजह से कानूनन पिता जी पूरी तरह महफूज हैं। लेकिन प्रकाशक की ओर से ऑफर मिलने के बाद पिता जी ने इस बाबत तीनों को इत्तिला कर दी। 'ए' और 'जी' ने शुरुआत में आपत्ति जताई लेकिन पिता जी के समझाने के बाद, मामूली ना-नुकर के बाद राजी हो गए। बहरहाल, 'आर' ने कोई आपत्ति नहीं की।

"कल दोपहर में जब खाने बैठा था तो नौकर ने आकर पिता जी को एक चिट्ठी दी। उसे पढ़कर पिता जी गम्भीर हो गए। वजह पूछने पर पिता जी के मुँह से पहली बार 'ए', 'जी' और 'आर' के बारे में सुना। उसके पहले कुछ भी नहीं जानता था।"

"क्यों?"

"पिता जी काफी पिक्यूलियर किस्म के इनसान हैं। वे पेशा और पेशेंट के अलावा कुछ भी नहीं जानते। मैं, माँ और संसार—इन सबके बारे में पिता जी पूरी तरह उदासीन हैं। माँ मतलब मेरी विमाता, स्टेपमदरा। मेरी उम्र जब तीन साल की थी, तब मेरी माँ की मृत्यु हो गई थी। उसके दो साल के बाद पिता जी ने दोबारा शादी की। मैं यह नहीं कहूँगा कि नई माँ से मुझे बहुत प्यार मिला। हमारे घर का एक बहुत पुराना नौकर मेरी देखभाल करता था। यह सिलसिला अब भी जारी है। हालाँकि पिता जी का भी स्नेह मुझे नहीं मिला लेकिन उनका शासन भी नहीं झेलना पड़ा।"

"और उनकी डायरी भी नहीं पढ़ी है?"

"नहीं। मैं ही नहीं, किसी ने नहीं पढ़ी है।"

"हम लोग असली बात से थोड़ा दूर जा रहे हैं। वह चिट्ठी क्या इन्हीं तीनों में से एक ने लिखी है?"

"यस, यस। ये देखिए।"

शंकर बाबू ने एक लिफाफा निकालकर फेलूदा को दिया। उसमें से जो खत निकला उसे फेलूदा के पीछे खड़े होकर मैंने और लालमोहन बाबू ने पढ़ा। पहले ही खत के आखिर में 'ए' लिखा दिखा। उसके ऊपर लिखा था, "आई टेक बैक माई वर्ड। डायरी अगर छपेगी तो उसमें मेरा वाला हिस्सा गायब होना चाहिए। यह अनुरोध नहीं, आदेश है। नाफरमानी की तो अंजाम भुगतना होगा।"

"एक सवाल है।" फेलूदा ने कहा। "इन तीनों के गुनाह का राज आपके पिता जी को कैसे पता चला?"

"वह भी काफी इंटरेस्टिंग मामला है। अपने कौशल से कानून के शिकंजे से छुटकारा मिलने के बावजूद 'ए', 'जी' और 'आर' को मन की शान्ति नहीं मिली। गम्भीर सोच-विचार के बाद आखिरकार, खुदा न खास्ते पकड़े जाने के डर से वे लोग मानसिक रोगी बन बैठे। पिता जी तब तक मशहूर हो चुके थे। ये तीनों भी पिता जी के पास इलाज के लिए पहुँचे। साइक्यािट्रस्ट से तो कुछ छुपाया नहीं जा सकता, सब कुछ साफ-साफ नहीं बताने पर इलाज ही नहीं होगा। इसलिए पिता जी को इनके कारनामों की जानकारी मिली।"

"धमकी क्या सिर्फ 'ए' ने ही दी है?"

"अभी तक तो यही स्थिति है, लेकिन पिता जी को 'जी' पर भी शक है!"

"इन तीनों का गुनाह क्या है, आप जानते हैं?"

"नहीं। वही नहीं; इनका असली नाम, अभी ये क्या कर रहे हैं, इसके बारे में पिता जी ने कुछ भी नहीं बताया। लेकिन आपको जरूर बताएँगे।"

"वे क्या मुझे तलाश रहे हैं?"

"उसी के लिए तो आया हूँ। पिता जी ने अपने एक पेशेंट से आपका नाम सुन रखा है। मुझसे पूछा तो मैंने बता दिया कि बतौर जासूस आपकी काफी ख्याति है। इस पर पिता जी बोले, 'इनसान के मन की तालाकुंजी के

बिना कोई जासूस नहीं हो सकता। उससे एक बार मिल लेते तो अच्छा होता। इन धमकी-वमकी से शान्ति भंग होती है। नतीजतन, काम का नुकसान होता है। मैं यह कतई नहीं चाहता।' मैंने तभी पिता जी से पूछा कि मित्र महाशय को कब आने के लिए कह दूँ। पिता जी ने कहा, रविवार सवेरे दस बजे। अब यदि आप..."

"ठीक है; मेरी ओर से आपत्ति जताए जाने की कोई वजह नहीं है।"

"तो यही बात रही। रविवार सवेरे दस बजे, सात नम्बर, सुइनाही स्ट्रीट।"

॥ 2 ॥

सात नम्बर, सुइनाही स्ट्रीट तो डॉक्टर के घर जैसा लगा ही नहीं; उसके सदर दरवाजे से दाखिल होते ही पहले नजर आया एक रॉयल बंगाल टाइगर और उसके पीछे दीवार के ऊपर एक बाइसन का सिर।

शंकर बाबू नीचे ही इन्तजार कर रहे थे, हम लोग उनके साथ दूसरी मंजिल पर पहुँचे और बैठकखाने में जम गए। उस कमरे में भी चारों तरफ शिकार के चिह्न थे।

मैं यही सोच रहा था कि ये सज्जन डॉक्टरी करते हुए इतने जानवरों को मारने का समय कैसे निकाल पाए।

कुछ ही मिनटों के अन्दर डॉ. मुंशी भी आ गए। सिर के सारे बाल सफेद हो चुके थे लेकिन देखने से ही समझ में आ रहा था कि अब भी काफी मजबूत हैं। उन्होंने फेलूदा से हैंडशेक करते हुए कहा, "आपका बदन तो कसरती लग रहा है। वेरी गुड। दिमाग से ज्यादा काम लेने के बावजूद आपने सेहत का भी खयाल रखा है, यह देखकर अच्छा लगा।"

इसके बाद जैसे ही उन सज्जन ने जटायु और मेरी ओर देखा, फेलूदा ने हमारा परिचय करवा दिया।

"ये लोग ट्रस्टवर्दी हैं क्या?" डॉ. मुंशी ने पूछा।

"पूरी तरह," फेलूदा बोले, "तपेश मेरा चचेरा भाई है और मेरा सहकर्मी भी, और मि. गांगुली मेरे अन्तरंग मित्र।"

"मैं इसलिए पूछ रहा हूँ कि आज उन तीनों का असली परिचय मुझे बताना होगा, नहीं तो आप काम नहीं कर पाएँगे। यह परिचय सिर्फ आप तीनों को ही पता होगा, और कोई नहीं जानता, न मैंने किसी को बताया है।"

"आप निर्भय होकर बता सकते हैं, डॉ. मुंशी," जटायु ने कहा, "मैं कम से कम किसी को नहीं बताऊँगा।"

"वेरी वेल।"

"तो बताइए क्या कर सकता हूँ। धमकी की चिट्ठी के बारे में आपके बेटे ने बताया है।"

"सिर्फ धमकी की चिट्ठी ही नहीं मिली है," डॉ. मुंशी ने कहा, "टेलीफोन पर भी धमकी दी है। यह कल रात का वाकया है तब साढ़े ग्यारह बज रहे होंगे। फोन करनेवाला नशे में धुत है, यह साफ समझ में आ रहा था। मैं समझ गया वह हिग्निस था। जॉर्ज हिग्निस।"

"आपकी डायरी का 'जी'?"

"यस, कह रहा था कि—'उस दिन टेलीफोन पर मैंने काफी बेवकूफाना अन्दाज में बात की थी। जब तुम्हारे पास ट्रीटमेंट के लिए गया था तब मेरा जो व्यवसाय था, वह आज भी है। मैं सिर्फ यही काम करता हूँ, लिहाजा 'जी' से कई लोग मेरा असली परिचय जान जाएँगे। सो कट मी आउट।'

"नशेड़ी को दलील देकर तो कुछ समझाया नहीं जा सकता। इसलिए फोन रख दिया। आप समझ ही रहे हैं मैं रोगियों को लेकर इतना व्यस्त रहता हूँ कि इन लोगों के घर जाकर आमने-सामने बातचीत के जरिए कुछ समझा सकूँ, उसके लिए न तो समय है और न ही ताकत। इस काम की जिम्मेदारी मैं आपको देना चाहता हूँ। 'ए' और 'जी'।

" 'आर' को लेकर चिन्ता करने की जरूरत नहीं है। क्योंकि उसके साथ बात करके पता चला कि इस नाम के पहले अक्षर से उसे कोई पहचान लेगा, इसकी आशंका उसे नहीं है।"

"लेकिन इन तीनों का असली परिचय—!"

"कागज-पेंसिल है?"

फेलूदा ने जेब से नोटबुक और डॉट पेन निकाल लिया।

"लिखिए, 'ए' हुआ अरुण सेनगुप्त। मैकनील कम्पनी के जनरल मैनेजर, रोटरी क्लब के वाइस प्रेसिडेंट। निवास स्थान ग्यारह नम्बर रोलैंड रोड। फोन नम्बर डाइरेक्टरी से देख लीजिएगा।"

फेलूदा के झटपट सबकुछ लिख लिया।

"अब लिखिए," डॉ. मुंशी ने बोलना जारी रखा, " 'जी' हुआ जॉर्ज हिग्निस। टेलीविजन के लिए विदेशों में जानवरों का निर्यात करना इसका व्यवसाय है। घर का नम्बर है नब्बे रिपन स्ट्रीट। रास्ते के नाम से समझ जाएँगे कि वह खालिस साहब नहीं, एंग्लो इंडियन हैं। तीसरे व्यक्ति का असली परिचय जरूरत होने पर दूँगा अन्यथा नहीं।"

"इनके गुनाह?"

"सुनिए, मेरी पांडुलिपि आज आप ले जाइए। मन लगाकर पढ़ने के बाद अपनी बुद्धि-विवेचना का इस्तेमाल कर मुझे बताइएगा कि इसमें ऐसा कुछ आपत्तिजनक तो नहीं है जिसकी वजह से किताब के बाजार में आने से मुझे नुकसान हो सकता है।"

"ठीक है। तो..."

फेलूदा को रुकना पड़ा क्योंकि कमरे में तीन लोग दाखिल हुए।

डॉ. मुंशी ने उनकी ओर इशारा करते हुए कहा, "आपके आने की खबर सुनकर इन लोगों ने आपको देखने की इच्छा जताई थी। मेरी पत्नी के अलावा यही कुछ लोग और मेरा बेटा अभी मेरे घर के बाशिन्दे हैं। परिचय करवा दूँ, यह हैं सुखमय—मेरे सेक्रेटरी।"

लगभग चालीस साल के एक चश्माधारी सज्जन की ओर डॉ. मुंशी ने इशारा किया।

"और यह हैं मेरे साले साहब चन्द्रनाथन।"

इनकी उम्र पचास साल के करीब होगी। इन्हें देखकर ही लग गया कि यह खास कुछ करते-धरते नहीं और इसी घर पर आश्रित हैं।

"और यह मेरे पेशेंट राधाकान्त मल्लिक हैं। इलाज खत्म न होने तक यह यहीं हैं।"

इन्हें देखकर महसूस हुआ कि अभी इनकी बीमारी ठीक नहीं हुई थी। हाथ खुजला रहे थे, आँखें भी अस्थिर थीं, और बहुत देर तक एक जगह खड़े नहीं हो पा रहे थे। उम्र अन्दाजन चालीस-पैंतालीस साल होगी।

परिचय होने के बाद सुखमय बाबू के अलावा बाकी चले गए। डॉ. मुंशी सेक्रेटरी की ओर मुड़कर बोले, "सुखमय, जाओ, मेरी पांडुलिपि लाकर प्रदोष बाबू को दे दो।"

दो मिनट के अन्दर ही सुखमय बाबू ने एक बड़ा मोटा लिफाफा लाकर फेलूदा को दिया।

"इसकी और कॉपी नहीं है," डॉ. मुंशी ने कहा।

"पब्लिशर को देने से पहले सुखमय बाबू उसे टाइप कर देंगे।"

"आप बिलकुल बेफिक्र रहिएगा," फेलूदा बोले, "मैं इसकी कीमत अच्छी तरह जानता हूँ।"

हम लोग वहाँ से बाहर निकले। शंकर बाबू बगल के कमरे में इन्तजार कर रहे थे। इस बार हमें सदर दरवाजे तक पहुँचा दिया। इसके बाद लालमोहन बाबू की हरी अम्बेसडर में सवार होकर हम लोग घर के लिए रवाना हुए।

"एक रिक्वेस्ट है महाशय," लालमोहन बाबू अचानक बोल पड़े।

"क्या?"

"आपके पढ़ने के बाद दो दिन के लिए मैं भी उस पांडुलिपि को पढ़ना चाहूँगा। इसे रिफ्यूज मत कीजिएगा, प्लीज!"

"आपके नहीं पढ़ने से काम नहीं चलेगा?"

"काम नहीं चलेगा मतलब। खासकर शिकार की कहानी पढ़ना तो मुझे बहुत अच्छा लगता है।"

"ठीक है, दे दूँगा। लेकिन दो दिन नहीं; आप जिस सुबह पांडुलिपि लेंगे, उसकी अगली सुबह उसे वापस करना होगा। इस बीच निश्चित रूप से आप शिकार से सम्बन्धित हिस्से को पढ़ डालेंगे। क्योंकि 1965 के बाद तो उन्होंने शिकार किया ही नहीं।"

"तो यही ठीक रहा।"

॥ 3 ॥

डॉ. मुंशी की हस्तलिपि काफी साफ-सुथरी होने के बावजूद तीन सौ पचहत्तर पन्नों की पांडुलिपि को पढ़ने में फेलूदा को तीन दिन लग गए। इतना समय लगने की एक वजह तो यही थी कि पढ़ते-पढ़ते बीच में फेलूदा अपनी नोटबुक में कुछ लिखते भी जा रहे थे।

तीन दिन के बाद रविवार को सुबह जटायु हाजिर हो गए। पहला ही सवाल था, "क्या सर, हो गया?"

"हाँ, हो गया।"

"आप किस नतीजे पर पहुँचे। क्या यह डायरी बिना डर-भय के छापी जा सकती है?"

"बिलकुल। लेकिन इससे धमकी तो नहीं बन्द की जा सकती है। यदि इन तीनों में से किसी के भी जेहन में यह बात घर कर गई कि इनके नाम के पहले अक्षर से लोग समझ जाएँगे कि यह किसकी कहानी है तो इस पुस्तक को प्रकाशित होने से रोकने के लिए वे न जाने क्या कर बैठें, इसका कोई ठीक नहीं है।"

"इवेन मर्डर?"

"हाँ, हो सकता है। उनमें से एक आदमी की ही बात की जाए। 'ए'। अरुण सेनगुप्त। पूर्वी बंगाल के एक जमींदार वंश की सन्तान। जवानी में एक बैंक में मध्यपदस्थ कर्मचारी थे। लेकिन खून में थी आला दर्जे की शौकीनी। नतीजतन हर महीने ही आमदनी से ज्यादा खर्च करते थे। आखिरकार, काबुलीवाले की पनाह में पहुँच गए।"

इसी बीच बता दें, फेलूदा ने एक बार जिक्र किया था कि आजकल भले ही नजर न आएँ लेकिन बीसेक साल पहले रास्ते के हर मोड़ पर हाथ में लाठी लिये काबुलीवाले खड़े दिख जाते थे। इनका व्यवसाय था ऊँची ब्याज दरों पर पैसे उधार देना।

फेलूदा ने बोलना जारी रखा, "ऐसा समय भी आया जब देनदारी की रकम इतनी ज्यादा हो गई कि अरुण सेनगुप्ता को मन मारकर बैंक की

तिजोरी से चालीस हजार रुपये चोरी करने पड़े। लेकिन यह काम उन्होंने इतनी चालाकी से किया कि सारा दोष एक बेगुनाह कर्मचारी के सिर आ पड़ा। फलस्वरूप उस बेचारे को जेल की हवा खानी पड़ी।"

"समझ गया," विद्वान की तरह सिर हिलाते हुए जटायु बोले, "उसके बाद चिन्ता, फिर दिमागी बीमारी और मनोविज्ञानी।...लेकिन वे सज्जन तो अब समाज की ऊपरी पायदान पर हैं। इसका मतलब मुंशी का इलाज कारगर रहा था?"

"वह तो है। यह बात मुंशी ने अपनी डायरी में लिखी भी है—हालाँकि इसके बाद कुछ नहीं लिखा है। लेकिन हम लोग अनुमान लगा सकते हैं कि इस घटना के बाद सेनगुप्ता ने अपने जीवन की धारा पलट दी और तीस साल तक धीरे-धीरे एक-एक सीढ़ी चढ़ते हुए आज की स्थिति में पहुँचे हैं। समझ ही सकते हैं कि वहाँ से फिसलकर गिरने की आशंका नजर आई, भले ही वो बेबुनियाद हो, तो सेनगुप्ता साहब अपना दिमाग कैसे ठीक रख पाएँगे?"

"समझा," जटायु ने कहा, "और बाकी दो लोग?"

'आर' को लेकर चिन्ता की कोई बात नहीं है, यह तो उस दिन मुंशी खुद बता रहे थे। उनका असली नाम उन्होंने नहीं बताया, इसलिए मैं भी बताने में असमर्थ हूँ। इन्होंने कभी एक आदमी को कार के नीचे दबाकर मार डाला था, उसके बाद इधर-उधर मोटी रिश्वत देकर कानून के पंजे से खुद को बचा ले गए। यह भी खुद को डॉ. मुंशी के हाथों सौंपकर मानसिक कष्ट से मुक्त हुए। इंटरेस्टिंग है 'जी' की घटना।"

"कैसे?"

"ये फिरंगी हैं यह तो आप जानते हैं। और इनके व्यवसाय के बारे में भी मालूम है। नब्बे नम्बर रिपन स्ट्रीट के एक बड़े दोमंजिला मकान में रहते थे जॉर्ज हिग्निस। 1960 में एक स्वीडिश फिल्म निर्देशक भारतवर्ष के बैकग्राउंड में एक फिल्म बनाने कोलकाता आए। उनकी फिल्म की कहानी के लिए एक तेंदुआ की जरूरत थी। उन्हें जब हिग्निस के बारे में पता चला तो उनसे मुलाकात की। हिग्निस के पास एक तेंदुआ तो था, लेकिन वह व्यापार के लिए नहीं बल्कि पालतू था! काफी रुपये देकर उस

स्वीडिश निर्देशक ने एक महीने के लिए तेंदुए को किराए पर ले लिया। तय हुआ कि एक महीने के बाद वे तेंदुए को सकुशल अवस्था में वापस कर देंगे। दरअसल, फिल्म निर्देशक ने झूठ बोला था क्योंकि उसकी कहानी के मुताबिक ग्रामीणों ने मिलकर तेंदुए को मार डाला। एक महीने के बाद निर्देशक ने आकर हिग्निस को हकीकत बताई। भारी गुस्से के आवेग में वे अपना आपा खो बैठे और उसी समय फिल्म निर्देशक की गला दबाकर हत्या कर दी। लेकिन जैसे ही उनके क्रोध का पारा नीचे गिरा, उन्हें आतंक के साए ने घेर लिया। लेकिन उस हालत में भी हिग्निस ने पुलिस की आँखों में धूल झोंकने का इन्तजाम कर लिया। उन्होंने सबसे पहले मृत निर्देशक के पूरे शरीर को चाकू से गोद दिया। उसके बाद अपने कलेक्शन के एक बनबिलाव को पिंजड़े से बाहर निकाला और गोली मारकर उसकी हत्या कर दी। नतीजतन मामला कुछ इस तरह बना कि पिंजड़े से निकले बनबिलाव ने निर्देशक को मार डाला और हिग्निस ने बनबिलाव की हत्या कर दी। यह उपाय काम कर गया और हिग्निस कानून के पंजे से निकल गए। लेकिन उसके बाद एक महीने तक लगातार उन्होंने सपने में खुद को फाँसी के फंदे पर लटकते देखा। और आखिरकार मुंशी के चैम्बर में हाजिर हुए।"

"हूँ..." जटायु ने कहा। "तो अब क्या करना है?"

"दो काम हैं," फेलूदा बोले। "पहला है आपको पांडुलिपि देना और दूसरा—'ए' को एक टेलीफोन करना।" जटायु ने खुशी-खुशी फेलूदा के हाथ से पांडुलिपि वाला मोटा लिफाफा लेते हुए कहा, "क्या अप्वाइंटमेंट के लिए फोन कर रहे हैं?"

"नैचुरली," फेलूदा बोले। "अब और देरी करने का कोई मतलब नहीं है। तपेश, ए. सेनगुप्ता, ग्यारह, रोलैंड रोड का टेलीफोन नम्बर निकालो तो।"

मैंने ज्योंही डाइरेक्टरी को उठाया, फोन की घंटी बज उठी। मैंने ही फोन उठाया। फेलूदा को जैसे ही मालूम हुआ कि डॉ. मुंशी का फोन है, उन्होंने रिसीवर मेरे हाथ से छीन लिया।

कोई खास मामला नहीं था—सेनगुप्ता ने धमकी भरी एक और चिट्ठी भेजी है। उसमें क्या कहा गया है, यह बात फेलूदा ने अपनी नोटबुक में दर्ज

कर ली। उसके बाद फेलूदा ने बातचीत खत्म करके फोन रख दिया।

सेनगुप्ता की दूसरी धमकी का मजमून कुछ इस तरह था—"सात दिन का समय है। इस बीच कोलकाता के बांग्ला और अंग्रेजी के प्रत्येक समाचार-पत्र में यह विज्ञप्ति दिखनी चाहिए कि अपरिहार्य कारणों से डायरी का प्रकाशन मुमकिन नहीं है। सात दिन। उसके बाद फिर धमकी नहीं, काम शुरू होगा। और उसके बाद जो कुछ भी होगा वह आपके लिए अच्छा नहीं होगा, यही कहना काफी है!"

सेनगुप्ता का फोन नम्बर ढूँढ़कर डायल करते ही लाइन मिल गई। फेलूदा के हाथ फोन सौंपकर मैंने और लालमोहन बाबू ने सिर्फ फेलूदा की बातचीत सुनी। दोनों के बीच कुछ इस तरह से बातचीत हुई—

"हैलो—मि. सेनगुप्ता से बात हो सकती है क्या—अरुण सेनगुप्त?"

"..."

"मि. सेनगुप्ता? मेरा नाम प्रदोष मित्र है।"

"..."

"हाँ, ठीक समझे। क्या मुझे एक दिन पाँच मिनट का समय दे सकते हैं?"

"..."

"अच्छा? आश्चर्य है! क्या मामला है?"

"..."

"वह मैं कर लूँगा! कितने बजे आने से आपको सहूलियत होगी?"

"..."

"ठीक है। यही बात रही।"

"सोच सकते हो?" फोन रखकर फेलूदा बोले, "वे सज्जन अगले पाँच मिनट में खुद ही मुझे फोन करनेवाले थे।"

"क्यों, क्यों?" जटायु ने सवाल दागा।

"वह फोन पर नहीं बताया, आमने-सामने बैठकर बताएँगे।"

"कब की अप्वाइंटमेंट है?"

"आधा घंटा बाद।"

॥ 4 ॥

ग्यारह नम्बर रोलैंड रोड अंग्रेजों के जमाने में बना एक दोमंजिला घर। दरवाजे की बेल दबाते ही एक वर्दीधारी बेयरा नमूदार हुआ। कारपेट से ढँकी हुई सीढ़ियों के जरिए उसने हमें ले जाकर दूसरी मंजिल पर बैठकखाने में बिठा दिया। कुछ ही मिनटों के अन्दर मि. सेनगुप्त दाखिल हुए। घर के साथ मेल खाता हुआ साहबी मिजाज, ड्रेसिंग गाउन, पैरों में बेडरूम स्लीपर और हाथ में चुरूट।

परिचय की गाँठ खुलने के बाद उन्होंने पूछा, "आप लोग ड्रिंक करते हैं?"

"जी नहीं," फेलूदा बोले।

"मैं अगर बीयर पिऊँ तो उम्मीद करता हूँ कि आप लोग बुरा नहीं मानेंगे?"

"बिलकुल नहीं।"

उस सज्जन ने बेयरे को बुलाकर अपने लिए बीयर और हम लोगों के लिए चाय का ऑर्डर दिया। फिर फेलूदा पर नजर डाली। फेलूदा ने कहा, "आप मुझे फोन क्यों करने जा रहे थे, यह बताने में आपको कोई आपत्ति है? इसके बाद मैं अपनी बात बताऊँगा।"

"ठीक है। जे.पी. चावला का नाम सुना है?"

"व्यापारी? गुरुप्रसाद चावला? जिनके नाम पर चावला मैन्सन हैं?"

"हाँ।"

"उनका एक नाती तो—?"

"हाँ। मिसिंग। शायद किडनैप किया गया है।"

"अखबार में पढ़ा था।"

"गुरुप्रसाद मेरे बहुत पुराने दोस्त हैं। पुलिस तफ्तीश कर रही है लेकिन मैंने उन्हें आपका नाम सजेस्ट किया। भुलू सेहानबिश से आपका काफी नाम सुना है।"

"हाँ, एक मामले में मैंने उनकी मदद की थी।"

"तो चावला से क्या कह दूँ?"

"मि. सेनगुप्ता, अफसोस की बात है कि मैं पहले ही एक केस हाथ में ले चुका हूँ।"

"आई सी।"

"और उसी मामले में मैं आपके पास आया हूँ।"

"क्या मामला है?"

"मैं डॉ. मुंशी के पास से आ रहा हूँ।"

"व्हाट?"

यह कहते हुए वे सज्जन सोफे से उछलकर खड़े हो गए—"मुंशी ने आपको मेरा परिचय दे दिया है? इसका मतलब और कुछ दिनों में सभी लोग मुंशी की डायरी के 'ए' की हकीकत जान जाएँगे।"

"मि. सेनगुप्ता, मैं काफी सतर्क आदमी हूँ। राज को कैसे राज रखना है, यह मैं बखूबी जानता हूँ। आप मुझपर पूरा भरोसा कर सकते हैं। लेकिन आप अगर डॉ. मुंशी को बार-बार धमकी भरी चिट्ठी भेजते रहे तो इसका नतीजा क्या होगा, यह मैं जानता हूँ।"

"मैं भला धमकी क्यों न दूँ? आपने डायरी पढ़ी है?"

"पढ़ी है।"

"आपको क्या लग रहा है?"

"तीस साल पुराना वाकया है। इस बीच कम से कम पाँच सौ बैंकों की तिजोरियों से चोरी हुई है। जिन लोगों की ये करतूत है, उनमें से कई लोगों के नाम 'ए' अक्षर से शुरू होते होंगे। लिहाजा, आपका डर बिलकुल बेबुनियाद है।"

"क्या मुंशी ने बैंक के नाम का भी जिक्र किया है?"

"नहीं।"

"मेरे बैंक के दो उच्चपदस्थ कर्मचारियों ने चोरी के मामले में मुझपर शक किया था क्योंकि मुसीबत में मैंने उन दोनों से रुपये उधार माँगे थे। लेकिन दोनों ने हालाँकि इस बात से इनकार किया था।"

"मि. सेनगुप्ता, मैं फिर कह रहा हूँ—आपके भयभीत होने की कोई वजह नहीं है। और इस तरह की चिट्ठी देकर आपको क्या फायदा हो रहा है? डॉ. मुंशी कानूनन पूरी तरह सुरक्षित हैं। अर्थात आप कोई कानूनी कदम नहीं उठा सकते हैं। तो क्या आप कोई गैरकानूनी रास्ता सोच रहे हैं?"

"मुझ पर विपत्ति की आशंका नजर आई तो मैं कानून-वानून को नहीं मानूँगा मि. मित्रा। मेरे अतीत की कहानी सुनकर आपको मालूम हो गया होगा कि जरूरत पड़ने पर बिना सोचे-समझे काम करने में मुझे दुविधा नहीं होती है।"

"आपका दिमाग खराब हो गया है मि. सेनगुप्ता। उस समय और आज के आप क्या एक ही हैं? आज समाज के सम्मानित व्यक्ति हैं। इस स्थिति में आप इतना बड़ा जोखिम लेंगे?"

मि. सेनगुप्ता थोड़ी देर के लिए चुप हो गए और सिर्फ बियर की चुस्की लेते रहे। उसके बाद उनकी नजरों में बदलाव दिखा। लम्बी साँस लेते हुए बाकी बची बियर एक घूँट में खत्म करने के बाद ग्लास को टेबल पर रखकर बोले, "ठीक है—डैम इट! लेट हिम गो अहेड।"

"तो आपकी धमकी के मामले को दफन कर रहे हैं?"

"यस, यस, यस!—बहरहाल विपत्ति का तनिक भी अहसास होते ही लेकिन—"

"अब और कुछ मत कहिए," फेलूदा बोले, "समझ गया।"

॥ 5 ॥

वायदे के मुताबिक लालमोहन बाबू अगले दिन सवेरे पांडुलिपि वापस ले आए। फेलूदा ने कहा, "अब चाय पीना मुमकिन नहीं है क्योंकि आधा घंटा के भीतर ही 'जी' के साथ अप्वाइंटमेंट है।"

नब्बे नम्बर, रिपन स्ट्रीट के दरवाजे पर कॉल बेल बजाने के बाद जो सज्जन प्रकट हुए उनका सिर गंजा था। कान के पास के बाल सफेद और उस पर तगड़ी मूँछें, वे भी सफेद।

"मि. मिटार आई एम जॉर्ज हिग्निस।"

तीनों से हाथ मिलाने के बाद हिग्निस हमें लेकर दूसरी मंजिल पर ले गए। गेट से घर में दाखिल होते ही दो बड़े पिंजरों पर मेरी नजर पड़ी, उसमें से एक में था बाघ और दूसरे में लकड़बग्घा।

दूसरी मंजिल पर पहुँचकर बाईं तरफ एक कमरे के पास से गुजरते हुए देखा, उसमें चार-पाँच कोआला भालू मेज पर बैठे हैं।

ड्राइंगरूम में पहुँचकर सोफे पर बैठने के बाद हिग्निस ने फेलूदा को देखकर कहा, "यू आर ए. डिटेक्टिव?"

"ए प्राइवेट वन," फेलूदा बोले।

शेष बातचीत भी अंग्रेजी में ही हुई, हालाँकि बीच-बीच में हिग्निस हिन्दी में भी बोले, खासकर जब किसी आदमी को गाली-गलौज करने की जरूरत पड़ी। ऐसा लगा जैसे हिग्निस कई लोगों से खासे खफा हैं, हालाँकि इसकी वजह समझ से परे थी। अन्त में वे बोले, "इसका मतलब मुंशी अब भी प्रैक्टिस कर रहा है? आई मस्ट से, उसने विपत्ति के समय मेरी काफी मदद की थी।"

"फिर आप उन्हें आतंकित क्यों कर रहे हैं?" फेलूदा ने सवाल दागा।

थोड़ी देर चुप रहने के बाद हिग्निस बोले, "उसकी एक वजह यह है कि उस दिन नशा कुछ ज्यादा ही चढ़ गया था। लेकिन क्या इनसान को डर नहीं लगता है? जानते हो, मेरे पिता जी क्या थे? स्टेशन मास्टर। और देखो अपने दम पर मैं कहाँ पहुँच गया हूँ। इतने सालों में मेरा कारोबार भी वही है। मुंशी की डायरी छपने के बाद अगर कोई मुझे पहचान बैठे तो आप जानते हैं मेरे और मेरे कारोबार का क्या होगा?"

फेलूदा ने हिग्निस को फिर समझाया कि वे कानून की आँखों में धूल झोंककर कुछ नहीं कर सकते। उन्हें फिर टेढ़े-मेढ़े रास्तों का सहारा लेना पड़ेगा। "क्या आप यही चाहते हैं?" फेलूदा ने जोर देकर पूछा, "उससे क्या

आपकी इज्जत मिट्टी में नहीं मिलेगी?"

हिग्निस कुछ देर तक मौन रहने के बाद बड़बड़ाती आवाज में बोले, "एक बार क्यों, उस पाजी स्वीडिश की तो मैं सौ बार हत्या कर सकता था। बहादुर, शौक से पाले गए मेरे तेंदुए को, जिसकी उम्र महज चार साल थी, उसने मार डाला!..."

फिर दस सेकेंड के लिए बातचीत बन्द; इसके बाद हिग्निस सोफे के हत्थे पर हाथ मारते हुए ऊँची आवाज में बोल उठे, "ठीक है; मुंशी से कह दो कि मैं कतई परवाह नहीं करता। उसे जो करना है वह करे, किताब छपने के बाद लोग मुझे पहचान लेंगे तो भी आई डोंट केयर। मेरे कारोबार को कोई नुकसान नहीं पहुँचा सकता।"

"थैंक यू मि. हिग्निस, थैंक यू।"

अरुण सेनगुप्ता की खबर फेलूद। पहले ही फोन पर डॉ. मुंशी को बता चुके थे। हिग्निस का समाचार देने हम लोग डॉ. मुंशी के घर पहुँचे क्योंकि पांडुलिपि भी वापस करनी थी। उन सज्जन ने फेलूदा को एक बड़ा धन्यवाद देते हुए कहा, "तो आपका काम तो पूरा हो गया। अब आपकी छुट्टी।"

"आप ठीक कह रहे हैं? 'आर' के बारे में तो कुछ नहीं करना है न?"

"नथिंग।...आप अपना बिल भिजवा दीजिएगा, मैं फौरन पेमेंट कर दूँगा।"

"थैंक यू, सर।"

"इसे क्या सचमुच में मामला कहा जा सकता है?" घर लौटकर जटायु ने मुँह खोला।

"मिनी मामला कह सकते हैं। अथवा पिद्दी मामला।"

"ठीक ही कह रहे हैं।"

"हैरानी इस बात से हो रही है कि इतना गर्हित काम करने के पच्चीस-तीस साल बाद भी ये लोग न सिर्फ जिन्दा हैं बल्कि खुलेआम आनन्द का भरपूर उपभोग भी कर रहे हैं।"

"बिलकुल सही," जटायु ने कहा, "कल ही घर पर बैठा सोच रहा

था कि तीस साल पहले जिन्हें पहचानता था, उनमें से किसी के साथ सम्पर्क है कि नहीं या वे लोग इस समय क्या कर रहे हैं, यह जानता हूँ कि नहीं। यकीन मानिए आज ही आधा घंटे तक मगज मारने के बाद सिर्फ एक नाम याद आया। अमरेश चटर्जी, जिसके संग एक साथ बैठकर बायस्कोप देखा है, फुटबाल का खेल देखा है, सांगुवैली में बैठकर चाय की चुस्कियाँ ली हैं।"

"वह इस समय क्या करता है, जानते हैं?"

"ऊँ हूँ। आउट ऑफ टच। कम्प्लीटली। दोनों कब कैसे बिछुड़े बहुत सोचने के बाद भी याद नहीं आया।"

अगले दिन सवेरे लालमोहन बाबू आए और फेलूदा की ओर नजर उठाकर बोले, "आप कुछ डाउन लग रहे हैं। लग रहा है कि बेकारी सुहा नहीं रही है।"

फेलूदा ने सिर हिलाकर कहा, "नो सर, यह बात नहीं है, एक मामले में अब भी कुतूहल बना हुआ है इसलिए मुझे कुछ भी अच्छा नहीं लग रहा है।"

"क्या बात है?"

"आर का असली परिचय। यह भी अगर धमकी-वमकी देते तो बात बन जाती।"

"रॉटेन, रबिश, रेडिक्यूलस," जटायु ने कहा, " 'आर' जहन्नुम में जाए, आपको जो चाहिए था, वह तो मिल ही रहा है।"

"वह तो मिल ही रहा है।"

तभी फोन बज उठा। मैंने ही रिसीव किया। 'हैलो' कहते ही उधर से आवाज आई, "मैं शंकर बोल रहा हूँ।" ये सुनते ही मैंने फोन फेलूदा को थमा दिया।

"बोलिए सर।"

जवाब सुनते के साथ ही फेलूदा के माथे पर बल पड़ गए। तीन-चार बार 'हूँ' बोलकर उन्होंने फोन रखकर कहा, "दु:खद खबर है। डॉ. मुंशी का मर्डर हो गया और उसके साथ डायरी भी गायब है।"

हम लोग एक पल भी गँवाए बिना लालमोहन बाबू की गाड़ी से निकल पड़े।

सुइनाही स्ट्रीट पहुँचकर देखा कि पुलिस हाजिर है। फेलूदा को इंस्पेक्टर सोम जानते थे। उन्होंने ही बताया, कत्ल आधी रात में हुआ है, सिर के पीछे किसी भारी चीज से प्रहार करके हत्या की गई है।"

"सबसे पहले किसे पता चला?"

"उनके बेयरे को। डॉ. मुंशी भोर छह बजे चाय पीते थे। उसी समय बेयरे को कत्ल का पता चला। डॉ. मुंशी के बेटे घर में नहीं थे। पुलिस को इत्तला डॉ. साहब के सेक्रेटरी ने दी।"

"आप लोगों की पूछताछ पूरी हो गई है?"

"हाँ, हो गई है; लेकिन आप अपने तरीके से जिरह करिए न। पिछले अनुभवों से जानता हूँ कि आप हमारे काम में अड़ंगा नहीं डालेंगे। इस घर में कुल चार ही तो प्राणी हैं, उन सज्जन के बेटे, सेक्रेटरी, साला और एक पेशेंट है। हालाँकि मिसेज मुंशी भी हैं। मैंने उनसे अभी कोई सवाल नहीं पूछा है।"

हम तीनों शंकर बाबू के साथ दूसरी मंजिल पर चले। सीढ़ियाँ चढ़ते हुए उन्होंने गहरी साँस लेकर कहा, "बहुत आशंकाएँ थीं लेकिन ये होगा, सोचा न था।"

उनके पिता के कमरे में पहुँचकर फेलूदा ने कहा, "जब आप यहाँ हैं, तो आपसे ही शुरू करते हैं।"

"ठीक है। क्या जानना चाहते हैं, बोलिए।"

हम सभी बैठ गए। चारों ओर जन्तु-जानवरों की खाल, सिर इत्यादि देखकर सोचा इतना बड़ा शिकारी और उसकी मृत्यु इस तरह से हुई।

फेलूदा ने जिरह शुरू कर दी।

"आपका कमरा क्या दूसरी मंजिल पर है?"

"हाँ। मेरा उत्तर की ओर और पिता जी का दक्षिण की ओर।"

"आज सुबह आप घर से बाहर निकले थे?"

"हाँ।"

"कहाँ?"

"हमारे डॉक्टर का फोन खराब है। वे रोज सुबह झील के किनारे टहलने आते हैं, इसलिए उनसे मुलाकात करने गया था। कई दिनों से सिर भारी-भारी लग रहा था। लग रहा था कि प्रेशर बढ़ गया है।"

"प्रेशर तो आपके पिता जी भी देख सकते थे?"

"ये पिता जी के विचित्र स्वभाव की एक और मिसाल है। उन्होंने कह रखा था कि घर के सदस्यों की मामूली बीमारियों का वो इलाज नहीं करेंगे। यह काम डॉ. प्रणव करते थे।"

"आई सी...शंकर बाबू आपको याद होगा आपने कहा था कि डॉ. मुंशी आपके बारे में उदासीन रहते थे, किन्तु डायरी पढ़कर तो ऐसा महसूस नहीं हुआ। डायरी में आपका जिक्र कई बार हुआ है।"

"वेरी सरप्राइजिंग!"

"आपको कभी वह डायरी पढ़ने की इच्छा नहीं हुई?"

"हस्तलिखित इतना बड़ा मैनुस्क्रिप्ट पढ़ने का धैर्य मुझमें नहीं है।"

"निश्चित रूप से यह उम्मीद की जा सकती है कि आपके बारे में जो हकीकत है, वही उन्होंने डायरी में भी लिखी है।"

"पिता जी की नजर में जो सच लगा, वही उन्होंने लिखा। उनके दृष्टिकोण के साथ और पाँच लोगों का नजरिया नहीं भी मिल सकता है। मैं यही कहना चाहता हूँ कि पिता जी ने आखिर मुझे कैसे पहचाना? वे तो हर पल रोगियों को लेकर व्यस्त रहते थे।"

"आपके पिता जी की एक महीने की कमाई कितनी होगी, इस सम्बन्ध में आप क्या जानते हैं?"

"ठीक-ठीक तो नहीं जानता, लेकिन वे जिस हिसाब से खर्च करते थे, उससे तो यही लगता है कि तीस-पैंतीस हजार की आमदनी कोई हैरानी की बात नहीं है।"

"वे अपनी वसीयत बनाकर गए हैं, क्या यह बात आपको मालूम है?"

"नहीं।"

"पिछले साल पहली दिसम्बर को ही वसीयत बन गई थी। उनकी बचत का एक हिस्सा मनोविज्ञान के विकास पर खर्च किया जाएगा।"

"आई सी।"

"और, आपके प्रति उदासीन होने के बावजूद आपको भी उससे अलग नहीं रखा गया है।"

शंकर बाबू ने फिर कहा, "आई सी!"

"इस कत्ल के बारे में आप कोई जानकारी दे सकते हैं?"

"बिलकुल नहीं। यह पूरी तरह से अप्रत्याशित था।"

"और डायरी भी तो गायब है?"

"उन तीनों में से कोई भी यह काम करवा सकता है। पिता जी के पेशेंट के रूप में वे इस घर में आए हैं। पिता जी जिस कमरे में रोगियों को देखते हैं, उसके बाजू में ही तो ऑफिस वाला कमरा है। वहीं पर पिता जी अपनी डायरी रखते थे।"

"आपके घर का सदर दरवाजा तो रात को बन्द ही रहता है।"

"हाँ, लेकिन घर के दक्षिण-पश्चिम के कोने पर मेहतर के आने के लिए एक घुमावदार सीढ़ी भी है।"

"ठीक है। थैंक यू। अब आप सुखमय बाबू को भेज सकते हैं क्या?"

कुछ ही मिनटों में सेक्रेटरी सुखमय चक्रवर्ती उपस्थित हुए। हम लोगों से थोड़ी दूर एक कुर्सी पर वो बैठे और फेलूदा ने पूछताछ शुरू की।

"मैं सबसे पहले यह जानना चाहता हूँ कि क्या पांडुलिपि बाहर पड़ी रहती थी जो चोरी हो गई?"

"नहीं, दराज में रहती थी, लेकिन उसमें ताला-चाबी नहीं था। उसकी वजह यह थी कि मैं या डॉ. मुंशी किसी ने कभी यह सोचा ही नहीं था कि वह इस तरह से चोरी हो जाएगी।"

"यह दराज में नहीं है, यह बात आपको कब कैसे मालूम हुई?"

"सोचा था, आज से उसे टाइप करना शुरू करूँगा। सवेरे जाकर देखता हूँ कि वह नहीं है।"

"आई सी...आप कितने दिनों से डॉ. मुंशी के सेक्रेटरी के रूप में काम कर रहे हैं?"

"दस साल।"

"यह नौकरी कैसे मिली?"

"डॉ. मुंशी ने अखबार में इश्तिहार दिया था।"

"आपको किस किस्म के काम करने पड़ते थे?"

"उनके अप्वाइंटमेंट नोट करता था और चिट्ठियों के जवाब टाइप करता था।"

"क्या बहुत ज्यादा खत आते थे?"

"बहुत कम भी नहीं। विभिन्न देशों की मनोविज्ञान संस्थाओं से नियमित चिट्ठियाँ आती थीं। दो साल में एक बार कॉन्फ्रेंस में शिरकत करने को विदेश जाते थे।"

"आपने शादी नहीं की?"

"नहीं।"

"आपके रिश्तेदारों में कोई है?"

"भाई-बहन नहीं हैं। पिता की मृत्यु हो चुकी है। सिर्फ मेरी विधवा माँ और एक विधवा चाची ही हैं रिश्तेदार के नाम पर।"

"ये लोग एक साथ रहती हैं?"

"हाँ।"

"आप इन लोगों के साथ नहीं रहते हैं?"

"मैं तो इसी घर में रहता हूँ। डॉ. मुंशी ने पहली मंजिल पर मुझे एक कमरा दिया था। शुरू से ही यहीं हूँ। बीच-बीच में जाकर घर की खोज-खबर लेता रहता हूँ।"

"घर कहाँ है?"

"बेलतला रोड, लैंसडाउन के मोड़ पर।

"आप इस कत्ल पर कोई रोशनी डाल सकते हैं?"

"बिलकुल नहीं। धमकी की चिट्ठी से ही स्पष्ट था कि डायरी बेहाथ हो सकती है; लेकिन मेरी नजर में इस कत्ल का कोई अर्थ नहीं है।"

"बॉस के तौर पर डॉ. मुंशी कैसे इनसान थे?"

"बहुत अच्छे। वह मुझे काफी स्नेह करते थे, मेरे काम से सन्तुष्ट थे और अच्छी तनख्वाह भी देते थे।"

"क्या आप जानते हैं कि डॉ. मुंशी के न रहने पर उनकी किताब के स्वत्वाधिकारी आप होते?"

"जानता हूँ। डॉ. मुंशी ने मुझे बताया था।"

"आपको क्या लगता है कि किताब छपने के बाद उसकी बिक्री कैसी होती?"

"प्रकाशकों की धारणा थी कि किताब खूब बिकेगी।"

"इसका मतलब मोटी रॉयल्टी, यही तो?"

"आप कहना क्या चाहते हैं, इसी रॉयल्टी के लालच में मैंने डॉ. मुंशी का खून कर दिया?"

"क्या आप इस बात से इनकार करेंगे कि यहाँ एक जबरदस्त उद्देश्य का संकेत मिल रहा है?"

"मुझे रुपये की कमी नहीं है। यही नहीं, सिर्फ रॉयल्टी के लालच में मैं हत्या करूँगा, क्या यह यकीन करने लायक है?"

"इसका सही जवाब देने के लिए जितनी माथा-पच्ची की जरूरत है, उसके लिए अभी भी वक्त नहीं मिला है। बहरहाल, अब आप जा सकते हैं।"

"किसी को भेज दूँ क्या?"

"मैं डॉ. मुंशी के साले से थोड़ी बातचीत करना चाहता हूँ।"

सुखमय बाबू के जाने के बाद जटायु ने कहा, "आपको क्या लग रहा है कि डायरी का गायब होना और कत्ल होना अलग-अलग मामला है या इनमें आपस में कोई रिश्ता है?"

"पहले पेड़ पर कटहल तो देख लूँ, फिर मूँछ पर तेल लगाऊँगा।"

"समझो।"

॥ 6 ॥

साले साहब प्राय: तुरन्त ही हाजिर हुए। माथे से पसीना पोंछते देखकर लगा कि वे थोड़ा नर्वस महसूस कर रहे हैं।

"आपका नाम तो चन्द्रनाथ है, पदवी क्या है?" उस सज्जन के आसन ग्रहण करने के बाद फेलूदा ने सवाल किया।

"बोस।"

"आप यहाँ पन्द्रह साल से रह रहे हैं, है न?"

"हाँ, लेकिन आपने कैसे...?"

"मैंने डॉ. मुंशी की डायरी पढ़ी है। आपके बारे में बहुत कुछ जानता हूँ, फिर भी आपके मुँह से कन्फर्म करने के लिए कुछ सवाल पूछ रहा हूँ।"

चन्द्रनाथ ने फिर पसीना पोंछा।

"डॉ. मुंशी ने आपको इस घर में रहने के लिए कहा था?"

"नहीं। मेरी बहन ने डॉ. मुंशी से अनुरोध किया था।"

"वेर क्या पहली बार में ही मान गए थे?"

“नहीं।”

“तो फिर?”

“मेरी बहन के काफी जिद करने पर राजी हुए थे।”

“आप तो कोई नौकरी-चाकरी नहीं करते हैं!”

“नहीं।”

“हर महीने जेब-खर्च मिलता है?”

“हाँ।”

“कितना?”

“पाँच सौ।”

“इसमें गुजारा हो जाता है?”

चन्द्रनाथ बाबू ने जवाब दिए बिना सिर झुका लिया।

मैं समझ गया कि जेब-खर्च नाकाफी था।

“आप इंटरमीडिएट में फेल नहीं हुए थे? इसी वजह से आपको नौकरी नहीं मिली, ठीक है न?”

झुकी हुई नजर से सिर हिलाकर चन्द्रनाथ बाबू ने हामी भरी।

“इस घर का कोई काम आप करते हैं क्या?”

“हाँ।”

“क्या?”

“बाजार जाता हूँ। दवा वगैरह लाता हूँ...”

“समझा।...आपके सोने का कमरा दूसरी मंजिल पर है?”

“हाँ।”

“कहाँ पर? डॉ. मुंशी के कमरे से कितनी दूर?”

“नजदीक ही है।”

“बिलकुल पास? सटा हुआ?”

“य-यस।”

“रात में कब सोने जाते हैं?”

“दस-साढ़े दस बजे।”

“और जगते कब हैं?”

"छह बजे।"

"इस कत्ल के बारे में आपको कुछ कहना है?"

"नो–नो सर। नथिंग।"

"ठीक है। कृपया अब आप राधाकान्त मल्लिक को थोड़ा भेज दीजिए।"

राधाकान्त मल्लिक आकर सोफे पर बैठते ही एक साथ हाथ और सिर हिलाते हुए बोले, "मैं हत्या की बाबत कुछ नहीं जानता, कुछ नहीं..."

"मैंने कहा क्या कि आप जानते हैं?"

"कहा नहीं, लेकिन कहेंगे। आई नो यू डिटेक्टिव्स। ये सब जिरह-विरह मुझे अच्छी नहीं लगती। मुझे जो कहना है, वह मैं बताता जा रहा हूँ। आप सुनिए। मैं जिस बीमारी के इलाज के लिए यहाँ आया उसका नाम नहीं जानता था। मुंशी कहते थे पर्सिक्यूशन मेनिया। इसका लक्षण है, अचानक अपने चारों ओर के सभी लोगों को दुश्मन समझने लगना। पिता, भाई, पड़ोसी, ऑफिस के सहकर्मी सभी। सभी जैसे मौके की तलाश में बैठे हैं। अवसर मिलते ही झपट पड़ेंगे। पहले ऐसा नहीं था, ठीक-ठीक कब शुरू हुआ, यह भी नहीं बता सकता। सिर्फ यही बता सकता हूँ कि आखिरकार ऐसी हालत हो गई कि रात में सो नहीं पाता था, ऐसा लगता था कि सोते ही कोई आकर सीने में चाकू घोंप देगा।"

"डॉ. मुंशी की दवा का असर हुआ?"

"हाँ, असर तो हो रहा था लेकिन समय लग रहा था। उन्होंने कहा था कि और दो हफ्ते बाद छुट्टी मिल जाएगी। लेकिन उससे पहले ही... छुट्टी हो गई..."

"अब क्या आप अपने घर लौट जाएँगे?"

"पुलिस ने जाने दिया तो जाएँगे।"

"आपके पास तो एक नौकरी भी है।"

"पॉपुलर इंश्योरेंस।"

"ठीक है। अब आप जा सकते हैं।"

राधाकान्त मल्लिक के जाने के बाद फेलूदा कत्ल की जगह और

लाश देखकर आए। जिस चीज से प्रहार करके हत्या की गई थी, वह अभी तक नहीं मिला था। इस बीच पुलिस के डॉक्टर मुआयना करने के बाद इस नतीजे पर पहुँचे कि कत्ल भोर में चार से पाँच बजे के बीच हुआ है। पांडुलिपि अब तक नहीं मिली थी। इंस्पेक्टर सोम ने कहा कि पांडुलिपि मिलते ही फेलूदा को जानकारी देंगे।

"मिसेज मुंशी के साथ क्या इस समय बात हो सकती है?"

फेलूदा ने सोम से पूछा।

"हाँ, हो सकती है। देखकर तो यही लगा कि वह लगभग सामान्य हैं।"

हम तीनों जने मिसेज मुंशी के कमरे में पहुँचे। वह महिला खिड़की की ओर मुँह किए चारपाई पर बैठी थीं। फेलूदा के दरवाजे पर दस्तक देते ही उन्होंने हमारी ओर नजर उठाई।

मैं दंग रह गया। वे तो देखने में हू-ब-हू अपने भाई की तरह थीं! जुड़वाँ हैं क्या?

अभिवादन करने के बाद फेलूदा बोले, "मेरा नाम प्रदोष मित्र है। मैं प्राइवेट डिटेक्टिव हूँ। आपके पति की मौत के मामले में छानबीन करने आया हूँ।"

"आप कुछ पूछेंगे क्या?" देखकर हैरान हुआ कि इस भद्र महिला को कोई दु:ख नहीं था। उनकी आँखों में आँसुओं का दूर-दूर तक पता नहीं था।

फेलूदा बोले, "मामूली एक-दो प्रश्न।"

उस भद्र महिला ने फिर खिड़की की ओर मुँह करते हुए कहा, "पूछिए।"

"इस कत्ल के बारे में आपको कुछ कहना है क्या?"

"उनकी डायरी ही उनका काल बनी। मैंने उन्हें कई बार समझाया कि लिख रहे हैं तो लिखिए लेकिन उसे छपवाइएगा मत। हमारे देश के लोग इतनी सच्ची बात को पचा नहीं पाएँगे। कइयों को कष्ट होगा, कई असन्तुष्ट होंगे, और आज..."

"लेकिन मैंने तो डायरी पढ़ी है। मुझे नहीं लग रहा है कि उसे पढ़कर किसी को कष्ट होता।"

"सुनकर खुशी हुई।"

"आप और चन्द्रनाथ जुड़वाँ भाई-बहन हैं?"

"हाँ।"

"आपने जब डॉ. मुंशी के सामने ये प्रस्ताव रखा था कि आपके भाई को इस घर में लाकर रखा जाए, तो उन्होंने क्या कहा था?"

"अनिच्छा जताई थी।"

"क्यों?"

"मेरा भाई कोई नौकरी नहीं करता है, इस बात को वे स्वीकार नहीं कर पा रहे थे। वे खुद काम के पीछे पागल आदमी थे। काम के अलावा कुछ नहीं जानते थे।"

"अनेक धन्यवाद, मिसेज मुंशी। मुझे और कुछ नहीं पूछना है।"

॥ 7 ॥

घर लौटते-लौटते बारह बज गए। लालमोहन बाबू सुबह नहाकर ही बाहर निकलते हैं, इसलिए, यह समस्या नहीं है। उन्हें कह दिया कि आज यहीं खा लेंगे। इस पर जनाब ने हामी भी भर दी।

"महान महिला!" पंखे को फुल स्पीड कर अपने चहेते काउच पर बैठते हुए लालमोहन बाबू बोले, "इतनी बड़ी एक ट्रेजेडी के बावजूद रत्ती भर भी असर नहीं! हालाँकि भाई तो बिलकुल मिट्टी का माधो है।"

"इसीलिए तो वह महिला भाई को इतना चाहती हैं," फेलूदा बोले, "यह बड़ा जटिल मनोभाव है, लालमोहन बाबू। स्नेह, अनुकम्पा, ये सब तो हैं ही, उनके बीच न जाने कहाँ से मातृत्व का भाव भी है। उस भद्र महिला की अपनी कोई सन्तान नहीं है, और डॉ. मुंशी की पहली पत्नी की सन्तान से उन्हें कोई लगाव नहीं है, इन बातों को भी भूलिएगा नहीं।"

"उसके ऊपर जुड़वाँ।"

"वह तो है ही।"

"आपको क्या लगता है कि भद्र महिला की डॉ. मुंशी से बनती नहीं थी।"

"मुंशी परिवार के साथ अन्तरंग हुए बिना यह बताना मुश्किल है। जासूस को जो भी समझना है वह दो इन्द्रियों की मदद से, कान और आँख।"

"इस मामले में कान क्या कह रहा है?"

"मन में एक खटका पैदा हो रहा है।"

"क्या है वह?"

"आप लोग यह क्यों नहीं समझ पाए, नहीं जानता। अब मैं एक बात कहे बिना नहीं रह सका।"

"तुम कहना चाहते हो उनकी बातों से यह महसूस हुआ कि उन्होंने डायरी पढ़ी है?"

"शाबाश, तपेश, शाबाश।"

"क्यों महाशय, डायरी में किस तरह की चीजें हैं यह तो मुंशी जबानी भी बता सकते थे।"

"एक ही बात हुई लालमोहन बाबू, एक ही बात।"

"मुंशी की बातों से लगा था कि उन तीन आदमियों की घटना के अलावा डायरी में क्या है, यह कोई नहीं जानता। अब महसूस हो रहा है कि ये बातें शायद सही नहीं हैं।"

"लेकिन यह तो समझ में आ ही रहा है कि डॉ. मुंशी पत्नी के प्रति विराग भाव नहीं रखते थे। डायरी के पहले पन्ने को खोलते ही यह साबित हो गया था। जिस पत्नी के साथ पटती न हो, उसे कोई किताब समर्पित नहीं करता।"

"देख रहा हूँ आप तो फॉर्म में हैं। वेरी गुड।"

"और एक मामले में मैंने कान की मदद ली महाशय; आप निश्चित ही एप्रिशिएट करेंगे। डॉ. मुंशी ने अपने बेटे के प्रति जो मनोभाव दिखाया है उसे रूखा-सूखा कहा जाए तो हैरानी नहीं होगी। लेकिन वहीं देखिए, सेक्रेटरी के प्रति उनमें कितना दर्द है!"

"गुड। गुड।" फेलूदा बेमन से तारीफ करते हुए सोफा छोड़कर उठे और चहल कदमी शुरू कर दी।

"क्या सोच रहे हैं महाशय?" करीब एक मिनट तक चुप रहने के बाद जटायु ने प्रश्न किया।

"सोच रहा हूँ कि तीन गोपनीय लोगों में से एक ही रह गए जिनका वास्तविक परिचय नहीं मिला। लिहाजा मामले में एक दरार रह गई जो कभी नहीं भरेगी।"

"आपको क्या लगता है कि डॉ. मुंशी ने कोई तथ्य—"

क्रिं-ऽ-ऽ-ऽ-ऽ!

हम लोगों के इस नए नीले टेलीफोन की आवाज पहलेवाले से जोरदार थी। फेलूदा ने रिसीवर उठाकर 'हैलो' कहा। अविश्वसनीय टेलीफोन। जिसे फेलूदा टेलीपैथी कहते हैं, वही हुआ। किसके साथ क्या बातचीत हुई वह

फेलूदा ने फोन रखने के बाद ही बताई थी; मैं जब इस घटना को लिखने जा रहा था, तब उन्होंने कहा, हालाँकि फोन पर तुमने सिर्फ मेरी बात सुनी थी, लिखते समय इस तरह से लिखना जैसे दोनों तरफ की बातचीत सुन पा रहे हो। तभी पाठक को मजा आएगा।"

मैं उनके कहने मुताबिक लिख रहा हूँ।

"हैलो।"

"मि. मित्तिर?"

"हाँ।"

"मैं 'आर' बोल रहा हूँ।"

"आर?"

"मुंशी की डायरी का 'आर'।"

"ओ। तो अचानक मुझे क्यों फोन किया? मुंशी के साथ मेरे सम्पर्क की बात आपको कैसे मालूम हुई?"

"आज सुबह आप मुंशी के घर नहीं गए थे।"

"वह तो जाना ही था। मुंशी का आज भोर में खून हो गया। इसीलिए जाना पड़ा।"

"आपका चेहरा बहुत लोग पहचानते हैं। शायद आप यह जानते हैं। मुंशी के घर के सामने भीड़ और पुलिस देखकर कई पड़ोसी अपने बरामदे में निकलकर खड़े थे। उनमें से ही एक आदमी ने आपको पहचान लिया जो मेरा पेशेंट है। मैं भी डॉक्टर हूँ जानते हैं क्या? करीब एक घंटा पहले इसी पेशेंट के घर गया था। उससे ही मुंशी की मृत्यु और आपकी हाजिरी की खबर सुनी। दो-दो चार के फार्मूले से समझ गया कि डॉ. मुंशी ने आपको एमप्लॉय किया था।"

"आपका असली नाम जान सकता हूँ क्या?"

"नहीं, जान नहीं सकते हैं। यह गोपनीय ही रहेगा। मैं जानना चाहता हूँ कि मुंशी ने मेरे बारे में आपको क्या बताया था।"

"उन्होंने कहा था कि आपको वे खूब पहचानते हैं और आपको लेकर चिन्ता करने की कोई जरूरत नहीं है। डायरी छपने जा रही है और उसमें

आपके अतीत की घटना है, यह जानकर भी आपने कोई एतराज नहीं किया था।"

"नॉनसेंस! पूरी तरह झूठ। वह मुझे पहचानेगा कैसे? मैं तो पन्द्रह साल के बाद सिर्फ परसों रात ही कोलकाता लौटा हूँ। घर आकर स्टेट्समैन के पुराने अखबार छानते-छानते यह खबर पढ़ी कि पेंग्विन से डॉ. मुंशी की डायरी छपने जा रही है। खबर पढ़कर मुझे बेचैनी हुई। डॉ. मुंशी मेरे राज तो जानता ही था; साइक्याट्रिस्ट होने के कारण उसे मनोविकारग्रस्त कई लोगों के पेट की बातें भी मालूम थीं। वे सब बातें क्या उसने डायरी में लिखी हैं?

"यह जानने के लिए मैंने मुंशी को फोन किया। उसने स्वीकार किया कि मेरी घटना का उस डायरी में जिक्र है, लेकिन मुझे चिन्ता करने की कोई जरूरत नहीं है क्योंकि डायरी में मेरे नाम के सिर्फ पहले अक्षर का इस्तेमाल किया गया है।...लेकिन इससे मैं क्यों आश्वस्त होता? मैं छब्बीस साल पहले भी डॉक्टर था, आज भी हूँ। उस समय के कई पेशेंट आज भी मेरे पेशेंट हैं। डायरी से वे मुझे नहीं पहचान पाएँगे, इसी क्या गारंटी है?"

"मैंने भी डायरी पढ़ी है। मुझे नहीं लगता कि आपको चिन्ता करने की कोई जरूरत है।"

"जब आपने पढ़ी है तो मैं भी पढ़ूँगा। यह बात मैंने मुंशी से कही थी। मैंने कहा था कि तुम्हारी बात पर मुझे यकीन नहीं है। मैं खुद तुम्हारी रचना पढ़कर तय करूँगा कि उसके छपने से मुझे नुकसान होगा कि नहीं। तुम मुझे रचना दे दो। अगर नहीं दोगे तो तुम्हारे अतीत की घटना सबके सामने खोलकर रख दूँगा।"

"यह क्या कह रहे हैं आप?"

"मिस्टर मित्तिर, मैं और मुंशी एक ही साल डॉक्टरी पढ़ने लन्दन गए थे। मेरा विषय हालाँकि मनोविज्ञान नहीं था, लेकिन हम दोनों में पर्याप्त परिचय था। डॉ. मुंशी के जिस चेहरे को मैंने देखा है उसे कोलकाता में किसी ने नहीं देखा है। वह वहाँ बर्बाद होने की कगार पर था, मैंने उसे सँभाला और सही रास्ते पर लेकर आया। कोलकाता वापस लौटकर प्रैक्टिस शुरू करने के बाद धीरे-धीरे उसने खुद को सुसंस्कृत बनाया।"

"आप मुंशी के घर से उनका लिखा हुआ माँगकर लाये थे?"

"जी हाँ। कल रात ग्यारह बजे। कहा था दो दिन बाद रचना वापस कर दूँगा। निश्चित तौर पर अब उसकी जरूरत नहीं है।"

"नहीं है मतलब? आप जैसे ही पांडुलिपि वापस करेंगे उसे छापा जाएगा। लेखक के मरने के बाद कई मामलों में उनकी किताबें छपी हैं। इसे अंग्रेजी में पॉसथुमस पब्लिकेशन कहते हैं, आप जानते हैं न?"

"जानता हूँ। लेकिन इस मामले में वैसा नहीं होगा। रचना मैंने पढ़ी है। वह मेरे पास ही रहेगी। किताब बनकर नहीं निकलेगी। चलता हूँ।"

फेलूदा ने रिसीवर रखा और उनकी मुखमुद्रा ग़म्भीर हो उठी।

"उस आदमी ने तो खूब मुझे टोपी पहनाई।" धँस करके सोफे पर बैठते हुए फेलूदा बोले। "यह बर्दाश्त नहीं किया जा सकता। बर्दाश्त नहीं किया जा सकता।...और इतनी चमत्कारी रचना—इस तरह बेहाथ हो गई!"

"रचना को लेकर चिन्तित मत होइए, फेलू बाबू।" थोड़ा सा झुंझलाते हुए बोले जटायु, "द खून इज मच इम्पोर्टेंट दैन द रचना।"

"आप रचना पढ़ने के बावजूद ये कह रहे हैं?"

"हाँ, कह रहा हूँ। जहाँ मर्डर हैज बिन कमीडेट, वहाँ ये सब तुच्छ है।"

श्रीनाथ ने आकर सूचना दी कि खाना लगा दिया गया है। हम तीनों लोग डाइनिंग रूम में खाने बैठे। हालाँकि लालमोहन बाबू ने खूब चटखारे लेकर खाना खाया। यही नहीं चिंगड़ी माछ खाते-खाते बोल उठे, "आप लोगों के जगन्नाथ की रसोई के तार की तुलना नहीं है; फेलूदा ने सुक्ता से लेकर दही तक खाते समय एक बार भी जुबान नहीं खोली।

खाने के बाद हम तीनों एक-एक पान मुँह में दबाकर ड्राइंग रूम में बैठे ही थे कि फोन की घंटी घनघना उठी। मैंने ही उठाया। इंस्पेक्टर सोम थे। मैंने फोन को फेलूदा के हवाले कर दिया। "बताइए सर।"—के बाद फेलूदा ने सिर्फ दो बातें कहीं। पहली बार तीन मिनट तक सुनने के बाद बोले, "इसका मतलब तो यही लग रहा है कि घर के ही किसी आदमी ने कत्ल किया है," और फोन रखने से पहले बोले—"वेरी इंटरेस्टिंग, मैं आ रहा हूँ।"

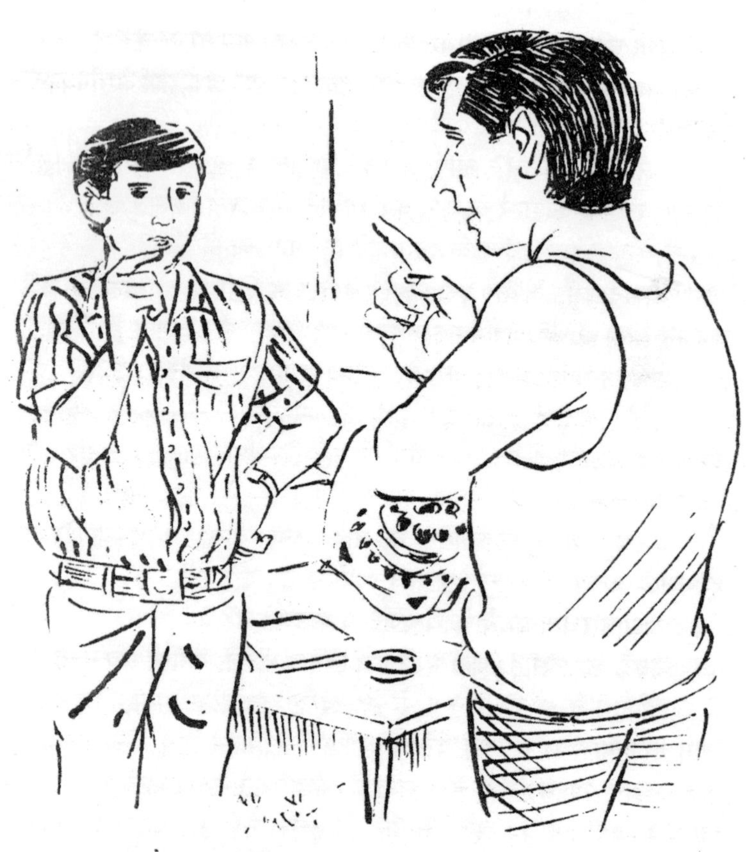

"कहाँ जा रहे हो?" मैंने पूछा।

"मुंशी पैलेस," टेबल पर रखे चारमिनार के पैकेट और लाइटर को जेब के हवाले करते हुए फेलूदा ने कहा।

"यह क्यों कहा कि हत्या घर के ही किसी आदमी ने की है?" जटायु का सवाल।

"क्योंकि नौकरानी ने यह राज खोला है कि एक मूसल मिसिंग है। ए परफेक्ट मर्डर वेपन।"

"और इंटरेस्टिंग क्या है?"

"मुंशी की एक और डायरी मिली है जिसमें इस साल की शुरुआत से लेकर कत्ल किए जाने के पहले दिन तक की एंट्री है।...चलिए निकल पड़ते हैं।"

॥ 8 ॥

पेंग्विन जिस डायरी को छाप रहा था वह 1989 के दिसम्बर में खत्म हो गई थी। पुलिस को जो पांडुलिपि तलाशी के समय मुंशी के बेडरूम से मिली, उसमें पहली जनवरी, 1990 से लेकर मुंशी के मारे जाने से पहले की रात अर्थात 13 सितम्बर तक का रोजनामचा दर्ज था। डायरी शायद खटिया के बगलवाले टेबल पर रखी थी। वहाँ से फर्श पर गिर गई थी। पुलिस को नीचे ही पड़ी मिली थी।

सोम के हाथ से डायरी लेकर पहला पन्ना पढ़ते ही फेलूदा की नजर कहीं ठहर गई। कुछ पल के लिए पन्ने की ओर आँखें फाड़कर देखते रहने के बाद जैसे होश पाकर पास में खड़े शंकर बाबू से पूछा, "आप जानते थे कि आपके पिता जी ने लिखने की अपनी आदत अन्तिम दिन तक जारी रखी थी?"

"बिलकुल नहीं। लेकिन सुनकर हैरानी नहीं हो रही है क्योंकि लगातार चालीस साल तक लिखते रहने के बाद अचानक बन्द करने की तो कोई वजह नहीं थी।"

"सुखमय बाबू डायरीवाली बात जानते थे?"

"यह उन्हीं से पूछिए।"

हम सभी बैठकखाने में ही जमे हुए थे। एक-आध मिनट बाद सुखमय चक्रवर्ती आ गए। फेलूदा के पूछने पर सुखमय बाबू बोले, "डॉ. मुंशी डायरी लिखेंगे, इसमें आश्चर्य की कोई बात नहीं है, लेकिन यह काम वे दिन के अन्त में काम खत्म होने के बाद रात को सोने से पहले करते थे। डायरी भी बेडरूम में ही रहती थी लेकिन यह लाल किताब मैंने कभी नहीं देखी।"

"बैठिए।"

सुखमय बाबू खड़े होकर बात कर रहे थे, फेलूदा के कहने पर थोड़ा हड़बड़ाते हुए बैठ गए। मैं समझ गया कि फेलूदा कुछ और पूछना चाहते हैं।

"सुखमय बाबू," बोले फेलूदा, "निश्चय ही आप चाहते होंगे कि डॉ. मुंशी के कातिल को उपयुक्त सजा मिले। ठीक है न?"

"यह मेरी जिम्मेदारी है," फेलूदा ने बोलना जारी रखा, "उस कातिल को ढूँढ़ निकालना। कातिल इसी घर के अन्दर है। इस घर के बाशिन्दों से उस दिन मैंने पूछताछ की थी। उसके आधार पर अभी तक किसी नतीजे पर नहीं पहुँच पाया हूँ। हो सकता है कि मेरी ओर से सवालों में कमी रह गई और जिनसे पूछा उन्होंने मेरे सारे सवालों का जवाब नहीं दिया। एक सवाल मैंने उस दिन नहीं पूछा था, आज पूछना चाहता हूँ।"

"पूछिए।"

"एक मामले में हम लोगों के मन में शंका पैदा हुई है।"

"कैसी शंका?"

"शंकर बाबू के मुताबिक डॉ. मुंशी लिखने और अपने मरीज के अलावा और सब कुछ के बारे में उदासीन थे। आप तो उनके पेशेंट नहीं थे, फिर वे आप पर इतनी स्नेहवर्षा क्यों करते थे? डायरी में पढ़ा कि पाँच साल पहले आपके अपेंडीसाइटिस का ऑपरेशन हुआ था; उसका पूरा खर्च मुंशी ने उठाया था। ऑपरेशन के बाद दस दिन के लिए पुरी गए थे, उसका खर्च भी उन्होंने ही उठाया था। क्यों? इसकी कोई वजह देख रहे हैं आप? यह तरफदारी किस वजह से?"

"नहीं जानता।"

जवाब आने में जो भी देरी हुई, वह फेलूदा की नजर से बच नहीं पाया। अगले सवाल को सुनकर मैं यह पूरी तरह से समझ गया।

"मैं फिर कह रहा हूँ सुखमय बाबू, आपके सच बोलने और कुछ भी नहीं छिपाने से हमारा काम बहुत आसान हो जाएगा।" इस बार जवाब आने में विलम्ब नहीं हुआ।

"मैं सच बोल रहा हूँ।"

लालमोहन बाबू हमें उतारकर 'टुमॉरो मॉर्निंग' कहते हुए अपने घर

लौट गए। फेलूदा सीधे अपने सोने के कमरे में घुसे और दरवाजा बन्द कर लिया। समझ गया कि डायरी में आँखें गड़ाएँगे। घड़ी इस समय बता रही थी तीन बजकर पचीस मिनट।

पंखा फुल स्पीड पर किया और सोफे पर आराम से लेटकर नेशनल ज्योग्राफी मैगजीन में अंटार्कटिका के सम्बन्ध में चमत्कृत कर देनेवाला सचित्र लेख पढ़ने लगा।

साढ़े चार बजे श्रीनाथ चाय लेकर आया। मेरी चाय टेबल पर रखकर फेलूदा के दरवाजे पर जैसे ही दस्तक दी, फेलूदा बाहर आकर बोले, "मेरी चाय भी यहीं रख दो।"

समझ गया कि डायरी पढ़ ली गई है, इसलिए पूछा, "कुछ मिला?"

फेलूदा ने काउच पर बैठकर जेब से डायरी और चारमीनार का पैकेट निकालकर टेबल पर रखा और कहा, "पढ़कर सुना रहा हूँ। मुझे लग रहा है सोचने की खुराक मिल जाएगी।"

मैं पहले ही देख चुका था। डायरी के ऊपरी हिस्से से क़ागज के कुछ टुकड़े झाँक रहे हैं। फेलूदा ने इत्मीनान से चारमीनार सुलगाकर पहले मार्क के टुकड़े को हटाकर डायरी खोली।

"सुनो, यह तीन हफ्ते पहले की एंट्री है। मैं अंग्रेजी से तर्जुमा कर रहा हूँ। ...आज एक नया पेशेंट आया। राधाकान्त मल्लिक। मेरे कमरे में आकर कुर्सी पर बैठने के बाद सबसे पहले जेब से कागज का एक टुकड़ा निकाला और उसे हाथ के नीचे रखते हुए कई बार मेरी ओर देखने के बाद उस कागज को गोली बनाकर कूड़े की बास्केट में पेंक दिया। क्या फेंका, यह पूछने पर उस सज्जन ने बताया, 'टेलीग्राफ की खबर आपकी तसवीर समेत।' मैंने कहा, आप क्या यह परख लेना चाहते थे कि सही आदमी के पास जा रहे हैं कि नहीं? अबकी एक छोटा-मोटा विस्फोट हुआ। 'मैं किसी पर यकीन नहीं करता, किसी पर नहीं! परखने की क्या बात है!'... पर्सिक्यूशन मेनिया।

"चार पन्ने बाद की दूसरी एंट्री।

"सुनो—आर.एम. को लेकर समस्या। वह एक मिनट के लिए भी

अपने घर में नहीं टिक सकता। उसके बड़े भाई, उसके पड़ोसी सब अपने मन में आतंक महसूस कर रहे हैं। डिफिकल केस। मैंने कह दिया है, कल से मेरे यहाँ ही आ जाए। दूसरी मंजिल पर दो कमरे तो खाली ही पड़े हैं। उनमें से एक में रहेगा।

"तीसरी एंट्री, यह भी तीन-चार दिन बाद की है।

"आर. एम. को लेकर दिक्कतें दूर नहीं हो रही हैं। आज उसे काउच पर सुलाने से पहले वह मेरे ऑफिस में आकर बैठा था। मैं तब विलायत से आई एक ताजा चिट्ठी पढ़ रहा था। चिट्ठी खत्म करने के बाद उसकी ओर नजर उठाई तो एक विचित्र चीज देखी। काँच का मेरा भारी पेपरवेट हाथ में लेकर वह न जाने क्यों अद्भुत नजरों से मेरी ओर देख रहा था। वह अगर मुझे अपना दुश्मन समझ बैठे तब तो मुश्किल होगी।

"चौथे नम्बर की एंट्री।

"अपनी दवा की शीशी गलती से ऑफिस में ही छोड़ आया था; रात में सोने से पहले उसे लाने गया तो पैसेज तक आते ही समझ में आ गया कि कमरे की बत्ती जल रही है। सोचा था, सुखमय शायद कोई काम कर रहा है, लेकिन जाकर देखा तो शंकर है। वह मेरी ओर पीठ करके झुककर टेबल की नीचेवाली दराज बन्द कर रहा था। मुझे देखकर हड़बड़ाते हुए बोला कि उसके पास एयरमेल लिफाफा खत्म हो गया था, इसलिए देखने आया था कि यहाँ है कि नहीं। मैंने उसे दो लिफाफे दिये।...उसी दराज में मेरी पांडुलिपि रहती है।

"इसके बाद अन्तिम पन्ने की आखिरी एंट्री। इसके साथ राधाकान्त का कोई सम्बन्ध नहीं है, और ये वाकई रहस्यमय है।

"कितनी बड़ी गलती कर बैठा था।...खैर, अब तो उस भूल का सुधार हो गया है! लेकिन 'आर' की बहस क्या अनन्तकाल तक चलती रहेगी? क्या मैं उसे लेकर बेवजह चिन्ता कर रहा हूँ?"

फेलूदा ने डायरी बन्द की और एक गहरी साँस लेकर बोले, "अद्भुत केस है!"

"इसका मतलब रहस्य की गुत्थी अभी सुलझा नहीं पाए हैं?"

"नहीं, लेकिन कैसे आगे बढ़ना है, इसका संकेत मिल गया है। इसके बाद थोड़ा शारीरिक श्रम करना बाकी है। रुटीन इनक्वायरी। तू जटायु को फोन करके बता दे कि कल सुबह न आएँ, शाम को आएँ। सवेरे मैं नहीं रहूँगा।"

॥ 9 ॥

फेलूदा अगले दिन सबेरे आठ बजे जो बाहर गए तो ढाई बजे लौटे। उन्होंने लंच बाहर ही कर लिया था। काम हुआ कि नहीं, यह पूछने का भरोसा नहीं हो रहा था क्योंकि उनके अन्दर एक दबी हुई उत्तेजना देख रहा था : मतलब कामयाबी मिली कि नाकामयाबी, यह समझ नहीं पा रहा था।

सोफे पर बैठने से पहले फेलूदा ने दो फोन किए, एक शंकर मुंशी को और दूसरा इंस्पेक्टर सोम को। दोनों को एक ही इंस्ट्रक्शन—अगले दिन सबेरे दस बजे सुइनाही स्ट्रीट की बैठक में सभी हाजिर रहें।

अब एक चारमीनार सुलगाकर फेलूदा सोफे पर बैठे और सामनेवाली टेबल पर पैर फैलाते हुए बोले, "मेरा भी मुंशी की तरह से ये कहने का मन कर रहा है, क्या भूल कर बैठा था!...रहस्य से पर्दा उठाने का सरंजाम नजर के सामने पड़ा हुआ है लेकिन मैं देख नहीं पा रहा था।"

मैं एक बात पूछे बिना नहीं रह गया।

"अपराधी को हम लोग पहचानते हैं तो?"

"अवश्य," फेलूदा बोले। "तुम्हें जब इतनी उत्सुकता हो रही है, तो मैं तुझसे कुछ सवाल पूछ रहा हूँ जिनका सही जवाब देने से तू खुद समस्या का समाधान कर लेगा।"

मैं खामोश हो गया। कलेजा धक्-धक् कर रहा था।

"पहला सवाल, नई डायरी में कोई खास चीज नजर आई?"

"एक मामले में शंका हुई।"

"क्या?"

"कत्ल से पहले वाली रात तक उन सज्जन ने डायरी लिखना जारी

रखा लेकिन 'आर' के आने का कोई जिक्र नहीं है।"

"एक्सीलेंट। दूसरा सवाल, विसर्जन कहने से पहले क्या याद आता है?"

"नाटक। रवीन्द्रनाथ।"

"सही नहीं है।"

"रुको, रुको! पानी...पानी में कुछ फेंक देना।"

"गुड। तीसरा प्रश्न, नेमेसिस किसे कहते हैं जानता है?"

"नेमेसिस?"

"हाँ।"

"अंग्रेजी जुबान है?"

"ऊँ हूँ। ग्रीक।"

"अरे बाप रे, वह भला कैसे जानूँगा।"

"तो सीख ले। गुनाह करने के बाद भले ही फौरी तौर पर कोई सजा से बच जाए लेकिन एक-न-एक दिन यह भोगना ही पड़ता है, इसे नेमेसिस कहते हैं। इसी नेमेसिस से डर रहे थे 'ए', 'जी' और 'आर'।"

मुझे मामला काफी इंटरेस्टिंग लग रहा था; इसलिए फेलूदा को खामोश देखकर मैंने कहा, "और कोई बात है?"

"और एक चीज बताऊँगा। ज्यादा खुलासा करने से कल का नाटक नहीं जमेगा।"

"ठीक है।"

"फिजीशियन हील दाइसेल्फ का मतलब जानता है?"

"यह तो अंग्रेजी की उक्ति है, डॉक्टर पहले अपनी बीमारी ठीक करो।"

"और एक आखिरी बात बता रहा हूँ तुझे, 'सजा' शब्द के कई मायने मिलेंगे, उनमें से दो अर्थों से हमें लेना-देना है।"

"समझ गया।"

चाय आने से करीब दस मिनट पहले जटायु आ गए। काउच पर बैठते ही पहला सवाल, "हम लोग किस स्टेज पर हैं?"

जवाब में 'मिनर्वा' कहकर फेलूदा ने भौंहें चढ़ाकर लालमोहन बाबू की ओर देखकर कहा, "पेनल्टीमेट।"

"पेनल्टी, क्या कह रहे हैं?"

"सारे जतन के बावजूद आपकी अंग्रेजी ठीक नहीं हुई। पेनल्टी का मतलब लास्ट बट वैन।"

"लास्ट स्टेज तक कब पहुँच रहे हैं?"

"कल सवेरे दस बजे मुंशी पैलेस में सबके सामने पर्दा उठेगा।"

"और पर्दा गिरेगा कब?"

"समझ लीजिए, उसके आधा घंटा बाद।"

"सन्देह तो चार लोगों पर है—"

"हाँ, इनी, मिनी, माइनी, मो।"

"ऊँह, बातों-बातों में आपकी ये प्रगल्भता असहनीय है। कम से कम यह तो बताइए कि शंकर, सुखमय, राधाकान्त—

फेलूदा ने हाथ उठाकर रोकते हुए कहा, "अब कुछ मत बोलिए। यहीं खत्म कीजिए।"

"आप ठहर जाइए। मेरी बात अभी खत्म नहीं हुई है। नाटक का क्लाइमेक्स होगा मेरे हाथों, आपके हाथ से नहीं। ये वार्निंग दे दी।"

"आप तो डरा रहे हैं।"

"डरने जैसी कोई बात तो नहीं है। आपका सिंहासन कोई नहीं डिगा सकता। इसमें भी कोई दो राय नहीं है कि तारीफ का अधिकांश हिस्सा भी आप ही को मिलेगा। लेकिन सिंहासन के बगल में एक छोटा स्पेशल आसन और तारीफ के बगल में एक मिनी-तारीफ, ये दोनों मुझे मिलते रहेंगे।"

अगले दिन भोर में एक झोंक बारिश होने की वजह से हम लोगों के मुहल्ले में पानी जमा हो गया था, इसके बावजूद ठीक साढ़े नौ बजे बगल में छाता, कन्धे पर झोला और चेहरे पर हास्य लिये हुए लालमोहन बाबू आकर हाजिर हो गए। "तपेश भाई," काउच पर बैठते हुए उन सज्जन ने कहा, "जगन्नाथ से कहना आज खिचड़ी बनाए। नाटक के बाद दोपहर का भोजन यहीं निपटाऊँगा।"

चाय पीकर हम लोग 10 बजने से पाँच मिनट पहले ही सुइनाही स्ट्रीट पहुँच गए। हमसे पहले ही पुलिस आ चुकी थी; इंस्पेक्टर सोम ने फेलूदा

को नमस्कार करते हुए कहा, "मैं आपका मेथड तो जानता हूँ। इसलिए सभी को बैठकखाने में जमा होने के लिए कह दिया है, बेयरे ने बैठने का इन्तजाम कर दिया है, सिर्फ यह जानना है कि मिसेज मुंशी का वहाँ रहना जरूरी है कि नहीं।"

फेलूदा ने सिर हिलाते हुए कहा, "उनका न रहना ही अच्छा होगा।"

सभी लोगों के अपनी-अपनी जगह पर बैठते-बैठते पहली मंजिल की बड़ी घड़ी में दस का घंटा बज उठा। फेलूदा उठकर खड़े हुए और चारों ओर नजरें घुमाते हुए घड़ी के अन्तिम घंटे के साथ सुर मिलाते हुए अपनी बात शुरू की।

"मैं सबसे पहले शंकर बाबू से एक सवाल पूछना चाहता हूँ।"

शंकर बाबू कमरे के उल्टी तरफ बैठे थे। उनकी निगाह फेलूदा की ओर मुड़ी। फेलूदा बोले, "मैंने उस दिन जब ये बताया कि डॉ. मुंशी ने अपनी डायरी में आपका कई बार उल्लेख किया है तो यह सुनकर आप हैरान हुए थे। और मैंने जब यह बताया कि उन्होंने आपके बारे में निश्चित रूप से हकीकत बयान की होगी तो आपने काफी परेशान होकर कहा था, 'पिता जी ने भला मुझे कब, कैसे पहचाना, वे तो अपने रोगियों को लेकर व्यस्त रहते थे।' शंकर बाबू, आपने यह कैसे तय कर लिया कि पिता जी ने आपके बारे में अप्रिय बातें ही लिखी हैं। मैंने तो कुछ बताया नहीं था।"

"क्योंकि पिता जी ने कभी आमने-सामने मेरी तारीफ नहीं की।"

"निन्दा की थी क्या?"

"नहीं, वह भी नहीं की।"

"तो फिर आपने ही भला खुद के बारे में डॉ. मुंशी के स्वाभाविक मनोभाव को कैसे जान लिया?"

"बेटा अपने पिता का मनोभाव क्यों नहीं जानेगा? वह तो अनुमान कर सकता है।"

"ठीक है, अब दूसरी बात। मैं कल दोपहर में एक बार आपके घर आया था। यहाँ के नौकर-चाकर से कई सवाल पूछने थे। आपके बारे में भी एक सवाल था, जिसका उत्तर गिरिधारी माली ने दिया। प्रश्न था कि आपके

पिता जी के कत्लवाले दिन उसने भोर में आपको घर से बाहर जाते देखा था। माली ने इसका जवाब 'हाँ' में दिया था। तब मैंने पूछा कि आप खाली हाथ गए थे कि नहीं। जवाब में माली ने 'नहीं' कहा था। आपके हाथ में चमड़े का एक काला बैग था। उसके बताने से लगा कि ब्रीफकेस या पोर्टपोलियो बैग था। उस बैग में क्या था, आप बताएँगे?"

शंकर बाबू खामोश। उनकी साँस तेजी से उठने-गिरने लगी।

"मैं बताऊँ क्या था?" फेलूदा ने कहा।

शंकर बाबू निरुत्तर।

फेलूदा बोले, "बैग में आपके पिता जी की डायरी की पांडुलिपि थी। डॉक्टर से मिलने के बाद या पहले आपने उसे झील के पानी में विसर्जित कर दिया लेकिन इसकी वजह," फेलूदा की आवाज ऊँची हो गई, "आपने डायरी पढ़कर देखा कि आपके पिता जी ने आपके बारे में तारीफ का एक भी लफ्ज नहीं लिखा है। उन्होंने—"

फेलूदा की बात बीच में काटते हुए शंकर बाबू बोल पड़े, "यस, यस! इस डायरी के छपने के बाद मेरे रोजगार का रास्ता हमेशा के लिए बन्द हो जाता। आलसी, काहिल, इरेसपॉन्सिबल, अस्थिर, न जाने क्या-क्या कहा उन्होंने मुझे!"

"राइट," फेलूदा बोले। "फिर तो यह भी स्वीकार कीजिए कि उस दिन गले की आवाज बदलकर 'आर' की भूमिका में आपने ही मुझे फोन करके अपने पिता जी के बारे में दुनिया भर की झूठी बातें बताईं थी, ताकि आप पर शक न हो?"

शंकर बाबू जो अब तक खड़े थे, धप से बैठ गए।

" 'आर' की बात जब चली है," फेलूदा ने कहा, "तब मामले की गहराई में उतरकर देखा जाए।"

फेलूदा की निगाह इस बार बाईं तरफ बैठे सुखमय बाबू पर पड़ी।

"मैं अब आपसे एक सवाल पूछना चाहता हूँ।"

"पूछिए।"

"अंग्रेजी में जिसे कहा जाता है, उसी पर भरोसा कर मैं कल सवेरे

एक बार सैंतीस नम्बर, बेलतला रोड गया था। सबकी जानकारी के लिए बता रहा हूँ। यह सुखमय बाबू के घर का नम्बर है। मुझे महसूस हो रहा था कि वह कुछ छिपा रहे हैं और हो सकता है कि उनके घर के लोगों के साथ बातचीत करने से रोशनी का सुराग मिल सकता है।"

फेलूदा की नजर कहीं और थी, अब फिर सुखमय बाबू की ओर मुड़ गई।

"आपकी माँ के साथ बात करने से पता चला कि आपके पिता की मृत्यु छब्बीस साल पहले हुई थी, गाड़ी के नीचे दबकर।...यह बात क्या डॉ. मुंशी को मालूम थी?"

सुखमय बाबू ने मेज से नजर उठाए बिना जवाब दिया।

"जानते थे। इंटरव्यू के समय यह जानकर कि मेरे पिता सैंतीस साल की उम्र में गुजर गए थे, डॉ. मुंशी ने पूछा था कि उनकी मौत कैसे हुई थी।"

"खूब सतर्क रहनेवाले लोग भी कैसी भूल कर बैठते हैं, इसकी एक मिसाल दे रहा हूँ। शंकर मुंशी जब मेरे घर आए तो उन्होंने अपना परिचय देते हुए बताया कि वे डॉ. राजन मुंशी के बेटे हैं। यह राजन नाम मेरे दिमाग से न जाने कब मिट गया; जो रह गया वह था, 'डॉ. मुंशी'। कल उनकी लाल डायरी खोलकर पहले पन्ने पर ही 'आर मुंशी' देखकर मैं चौंक उठा। तो क्या डॉ. मुंशी ही अपनी डायरी के 'आर' हैं और उन्होंने ही एक आदमी को गाड़ी के नीचे दबाकर मारने के बाद भारी-भरकम रिश्वत देकर खुद को कानून के शिकंजे से छुड़ाया था और उसी मृत व्यक्ति का बेटा चौबीस साल के बाद उनके पास नौकरी के लिए इंटरव्यू देने पहुँचा?"

"गलत, गलत, गलत!" सुखमय बाबू चिल्ला उठे, "मेरे पिता जी को जिसने गाड़ी के नीचे दबाकर मारा था उसे उपयुक्त सजा हुई थी।"

"यह बात क्या डॉ. मुंशी जानते थे?"

"नहीं। उनका मानना था कि वही मेरे पिता जी की मौत के लिए जिम्मेदार हैं। असली घटना के बारे में उन्हें अपनी मौत से एक दिन पहले मालूम हुआ।"

"कैसे?"

"उन्होंने मुझे बुलाकर कहा कि उन्हें एक स्वीकारोक्ति करनी है, जिसे नहीं करने से उन्हें शान्ति नहीं मिलेगी। क्या स्वीकारोक्ति करनी है, यह जानने के बाद मैंने कहा, डॉ. मुंशी, आप गलत समझ बैठे हैं; मेरे पिता जी को जिसने अपनी गाड़ी के नीचे दबाकर मारा था उसे तो सजा हो गई थी। यह बात सुनकर वे हैरान हुए। और मैं भी समझ गया कि वे क्यों मुझ पर इतने मेहरबान थे।"

कमरे में एक संक्षिप्त और शुष्क हँसी सुनाई दी। यह शंकर बाबू थे।

"कुछ कहेंगे?" फेलूदा ने पूछा।

"नहीं बोलने से आप और ज्यादा गलत रास्ते पर चल पड़ेंगे।"

"मतलब?"

"मेरे पिता ने जीवन में कभी गाड़ी नहीं चलाई।"

"यह तथ्य मुझसे छिपा हुआ नहीं है, शंकर बाबू। माली के साथ बातचीत करने के बाद आपके ड्राइवर से भी मेरी बात हुई।"

"उसने क्या बताया?"

"उसने तीस साल तक आप लोगों की सेवा की, इस दौरान उसने सिर्फ एक एक्सीडेंट किया। आपके पिता जी की जल्दीबाजी की वजह से उसे अनिच्छा के बावजूद भीड़ भरे रास्तों पर भी गाड़ी तेज चलानी पड़ती थी। इसलिए जब हादसा हुआ तब डॉ. मुंशी ने खुद को ही इसका जिम्मेदार माना। ड्राइवर को दंड न मिले, इसके लिए उन्होंने जो भी मुमकिन था किया। इसके बावजूद ड्राइवर पछतावे की आग और आतंक के साए में छटपटाता रहा। तब डॉ. मुंशी ने उसका इलाज करके उसे चंगा कर दिया। अर्थात, आपके पिता जी ने डायरी में रत्ती-भर भी झूठ नहीं लिखा। और 'आर' राजन मुंशी नहीं बल्कि ड्राइवर रघुनन्दन तिवारी है।"

"बट हू किल्ड माई फादर?" असहिष्णुता से चिल्ला उठे शंकर बाबू।

"ऐसे मामलों में थोड़ा धैर्य रखना पड़ता है, मि. मुंशी," गम्भीर आवाज में फेलूदा ने जवाब दिया। इसके बाद उनकी नजर मुंशी से हटकर एक और शख्स पर टिक गई। इस कमरे में एक ऐसा आदमी है जिसे हम लोग अस्वस्थ के रूप में जानते हैं," फेलूदा बोले, इससे पहले वे दो बार

हम लोगों के सामने पेश हो चुके हैं, और दोनों ही बार अपनी ऊटपटाँग हरकतों से खुद को अस्वस्थ करार देने की कोशिश की है। आज देख रहा हूँ कि वे पूरी तरह स्वस्थ आदमी का मुखड़ा लेकर मेरा भाषण सुन हैं। मि. मल्लिक—क्या आप खुद-ब-खुद ठीक हो गए?"

राधाकान्त मल्लिक को अचानक जैसे करंट लग गया। वे चौंककर बोले, "क्या...क्या कह रहे हैं, कहिए।"

"कह रहा हूँ कि मेरे पूछने पर सबने थोड़ा-बहुत झूठ का सहारा लिया या फिर सचाई को दबाने की कोशिश की लेकिन आपने तो सबको उल्लू बना दिया।"

मल्लिक की नजर अब भी फेलूदा पर गड़ी हुई थी, उनके मनोभाव को समझने का कोई उपाय नहीं था। फेलूदा ने कहा, "आपने बताया था कि आप पॉपुलर इंश्योरेंस में नौकरी करते हैं। मैं इसकी जाँच करने के लिए वहाँ गया था। पता चला कि अब आप वहाँ नहीं हैं, चार महीने पहले ही नौकरी छोड़ चुके हैं। तो क्या आप बेकार हैं। या कहीं और रोजगार करते हैं? इंश्योरेंस के ऑफिस में इस सवाल का जवाब कोई नहीं दे पाया तो ऑफिस से ही आपके घर का अता-पता जुगाड़कर मैं वहाँ गया था। सतीश मुखर्जी रोड, ठीक कहा न?"

मल्लिक अब भी खामोश था, उसकी नजर सामने की ओर थी।

"सचमुच, इस मामले में विस्मय का अन्त नहीं है," फेलूदा ने बोलना जारी रखा। "आपने डॉ. मुंशी को बताया था कि आपके पिता जी, आपके बड़े भाई, सब लोग आपसे आतंकित रहते हैं। हालाँकि आपके घर जाकर देखा तो वहाँ न तो आपके पिता जी थे और न ही बड़ा भाई। पिता जी की मौत को करीब पचीस साल हो चुके हैं, और आपके बड़ा भाई तो कभी था नहीं। आपकी विधवा माँ से पता चला कि आप एक नाटक कम्पनी में शामिल हो गए हैं और इस समय टूर पर हैं।"

इस बार राधाकान्त मल्लिक ने जुबान खोली, "मैं सत्यवादी युधिष्ठिर हूँ, यह कभी क्लेम नहीं किया। लेकिन आप कहना क्या चाह रहे हैं? मैंने कत्ल किया है?"

"मैं एक-एक कदम आगे बढ़ता हूँ, मल्लिक महाशय, कूद-कूदकर नहीं। आप कातिल हैं कि नहीं, इस पर बाद में बात करेंगे; इससे पहले तो देख रहा हूँ कि आप नौटंकीबाज हैं। मनोरोग का अभिनय करके आप मुंशी के पास आए थे। इलाज करवाने। आप—"

"क्यों आया था ये आप जानते हैं?" फेलूदा की बात काटते हुए ऊँची आवाज में मल्लिक ने कहा।

"यह आपकी माँ से मालूम हुआ कि आपके पिता गाड़ी के नीचे दबकर मरे थे, जिसने एक्सीडेंट किया था उसे कोई सजा नहीं हुई और गाड़ी का मालिक आकर हरजाने के तौर पर आपकी माँ के हाथ में पाँच हजार रुपये रख गया था।"

"यस!" राधाकान्त मल्लिक चिल्ला उठे। "उसी समय उस सज्जन को देखा था मैंने और उसके बाद अखबार में उस दिन तसवीर देखी। वही चेहरा और देखने के बाद ही तय कर लिया कि इसे जिन्दा नहीं रहने देना है। कल्पना कर सकते हैं? बारह साल का एक लड़का अपने पिता के पीछे-पीछे ट्राम से उतर रहा है। उसकी आँखों के सामने ही उसके पिता मोटरगाड़ी के नीचे दब गए! उफ! कितना भयानक दृश्य! आज भी याद आने पर बदन सिहर उठता है। महीना-दर-महीना माँ से पूछा, जिस शख्स ने पिता जी को गाड़ी के नीचे दबाकर मार डाला उसे सजा नहीं होगी क्या? 'बड़े लोगों को सजा नहीं होती है! बाबू, बड़े लोग छूट जाते हैं।'...और उसके बाद अचानक एक दिन अखबार में उसकी तसवीर देखी तो एक क्षण में ही पक्का इरादा कर लिया। इसे सजा मिलेगी। और वो सजा दूँगा मैं।"

"इसके बाद ही मनोविकार का अभिनय करने का फैसला किया?"

"हाँ, लेकिन कत्ल करना इतना मुश्किल है कौन जानता था? समझ गया कि यह काम चुटकियों में होनेवाला नहीं है; अपने मन को मजबूत करने में समय लगा, फिर जुगाड़ किया...मुंशी के ही ऑफिसवाले कमरे में रखा एक पेपर नाइफ। पिता जी के शरीर से खून निकलते देखा था। उनके हत्यारे की देह से भी रक्तपात नहीं हुआ तो उपयुक्त सजा नहीं होगी। उसके बाद..."

"उसके बाद क्या, मल्लिक महाशय?"

"अद्भुत मामला, अद्भुत मामला! हाथ में छुरा लेकर कमरे में घुसा। पश्चिमी खिड़की से चाँद की रोशनी मुंशी के शरीर पर पड़ रही थी। मुँह खुला हुआ था और अधखुली आँखें निष्प्राण नजर आ रही थीं। साँस लेने की आवाज भी नहीं सुनाई दे रही थी! मैं कत्ल क्या करता? वो तो ऑलरेडी डेड, डेड, डेड!"

तीसरी बार 'डेड' शब्द आने के साथ-साथ कमरे में धप की आवाज हुई।

उसकी वजह थे डॉ. मुंशी के साले चन्द्रनाथ बाबू। वे बेहोश होकर चेयर से उलटकर मेज पर पड़े थे।

सोम उनकी ओर दौड़ पड़े। और उसी के साथ फेलूदा बोल उठे, "देख लीजिए, मि. मुंशी। आपके मामा, आपकी माँ के जुड़वाँ भाई। ही किल्ड योर फादर।"

"मतलब?" खुद को बोलने से रोक पाने में नाकाम जटायु अचानक चिल्ला उठे, "मोटिव?"

फेलूदा ने फिर शंकर बाबू की ओर नजर उठाई, "आप नहीं बता सकते, शंकर बाबू? आपने तो डायरी पढ़ी है?"

शंकर बाबू ने धीरे-धीरे सिर हिलाकर 'हाँ' कहा।

"इनसान को पहचानना इतना आसान नहीं है शंकर बाबू," फेलूदा बोले, "जानवर और इनसान में असली फर्क यही है, जानवर अभिनय करना नहीं जानते, मन का भाव छिपाना नहीं जानते।...डॉ. मुंशी आपकी माँ के बारे में उदासीन बिलकुल नहीं थे। अगर ऐसा होता तो वे उन्हें कभी भी डायरी पढ़ने को नहीं देते। कभी डायरी को उनके नाम समर्पित नहीं करते। दरअसल मामला उलटा है। अगर किसी ने उदासीनता दिखाई तो वे थीं आपकी विमाता जिन्होंने अपना सारा स्नेह, प्यार, चिन्ता, भावना अपने अकर्मण्य भाई पर उड़ेल दी थी।"

"...अब सवाल उठता है कि कत्ल का क्या मोटिव था? इसके बारे में क्या एक बार सबको बताएँगे?" लगभग मशीनी इनसान की तरह शंकर बाबू के मुँह से निकला।

"पिता जी की वसीयत का एक-चौथाई मनोविज्ञान संस्था को, एक-चौथाई मुझे और आठवाँ हिस्सा मेरी माँ को मिलना था।"

इस बीच मि. सोम की देखभाल का नतीजा यह हुआ कि चन्द्रनाथ को होश आ गया। फेलूदा ने उनकी ओर इशारा करते हुए सवाल पूछा, "कत्ल करने का इरादा क्या आपका था?"

चन्द्रनाथ बाबू ने सिर हिलाया, उनकी नजर कालीन पर गड़ी हुई थी। एक लम्बी साँस खींचकर उन्होंने इतनी धीमी आवाज में जवाब दिया कि सुनने में काफी दिक्कत हुई।

"नहीं। इरादा...डॉली का था। डॉली ने ही मेरे हाथ में मूसल थमाया था!"

"हूँ, समझ गया।" फेलूदा काफी थके अन्दाज में कुर्सी पर बैठ गए। "सिर्फ एक ही अफसोस है, गम्भीर अफसोस...डायरी प्रकाशित होती तो साहित्यकार के रूप में डॉ. मुंशी को काफी ख्याति मिलती। वह डायरी इस समय झील की गोद में है!"

"अटेंशन! स्पॉटलाइट!"

सबको चौंकाते हुए कमरे को हिला देनेवाले अन्दाज में चिल्ला उठे जटायु। सब उनकी ओर देख रहे थे, इसका भान होते ही अद्भुत हँसी बिखेरते हुए कन्धे पर टँगे झोले से एक फ़ाइल निकालकर उसे सिर पर रखा और झंडे की तरह हिलाते हुए बोले, "पानी में नहीं गई। पानी में नहीं गई! हियर इट इज।"

"डॉ. मुंशी की पांडुलिपि?" अवाक् होकर फेलूदा ने प्रश्न किया।"

"ये कैसे हुआ?"

"यस सर! थैंक्स टू विज्ञान की प्रगति। एक दिन में पढ़ नहीं पाऊँगा, इसलिए इसका जेरॉक्स करवाकर रख लिया था, जेरॉक्स! एक्स ई आर ओ एक्स!...लीजिए सुखमय बाबू, टाइप करना, शुरू कर दीजिए। खत्म होने के बाद सीधा नॉर्थ पोल।"

यहाँ हालाँकि जटायु मार्का एक गलती हो गई। पेंग्विनें नॉर्थ पोल नहीं, साउथ पोल में रहती हैं।

शारदीया सन्देश; 1990

❑❑❑